琉璃·琉器

张弛 著

作家出版社

摄影：高星

张弛

1960 年出生于沈阳。

1979 年就读于北京外国语学院。

中国作家协会会员。著有长篇小说《北京病人》《我们都去海拉尔》，短篇小说集《夜行动物馆》，随笔集《像草一样不能自拔》《另类令我累》《发乎情，止于非礼》《错觉悟》。主编作家食谱《西红柿炒自己》《醋也酷》《北京饭局》，电影文集《灰化肥会挥发》。

导演电影《盒饭》。

谷风谷雨

立 峰

《谷风》，刺幽王也。天下俗薄，朋友道绝焉。

——《毛诗序》

　　情人眼里出西施。鄙语也，山谷取以为诗。鄙的还有西施的眼泪化而为琉璃。以西施状天下之美，人所共爱，敦实俗朴，然而女人哭什么，一向是大难题。人所作为很难脱离身见，浣纱的妹子也是吓吓鱼比较简单欢乐。

　　浣纱是辛苦的差事，吴人买来不龟手药方大败越人，如此越人嫱施为洴澼絖，倘非体质特异，手脚一定狼狈，太叫人心疼，这又怎能不激发各自打到吴国去的斗志。推己及人，以今喻古，想其当然。"当然"这口头禅，我跟简宁学的。他教育我，经史没有说明白的东西，文学得很有底气地说"那当然！"。我想，现在流行的文学嫌讲道理费劲就征之典谟陈列了却不真吃，大概因为人们愿意相信这才是努力工作过的，值了。范处义孙奕讲，亹勉就是蛙跳蛤蟆蹦，和犹豫狐疑一样的。不知道他们怎么解释璆琳琉璃流离陆离。宋儒如此生动地附会，何不例举蝇营狗苟？

喝酒闲游也是很辛苦的差事，阿坚之流水账老弛的琉璃琉器，实是一贯大酒瞎玩的自律。阿坚有宵夜替人消业的理论，那么酒账游记也是替大家的。长途流窜不住酒肉见很多人看各种事物的苦行，难得这般坚忍和气度；亦有丧国亡身去表达真爱的，那是大成就者。与缓急的找死相比，杀人就极其小器，仇恨的浙江潮怕射，宜其为吴越的臣子。

吴国的王以揖禅逊让的传统烹鲜调鼎，却给吃货撩光败坏了，春秋转为战国，不再好好地吃饭。让王既玩不动，便只有说剑。虚应改为实用，庶人之剑更受待见。按照老弛书中纪录的理论，专业的厨师是剔除了个人好恶以体会众口，专诸是专业厨师，更是专业的刺客，便自绝于众人了。我听吴郡说过，无锡大娄巷的专诸塔，几十年前给拆了，好像只埋了剑，未闻有剑谱和烧鱼的方子，那时我还迷信有模有样人皆可达。现在我只好个体崇拜。吴国有鱼肠那么好的剑，又常见那么好的鱼，却还是得靠专诸，荆轲铺张了人头地图匕首，仍不成功，高渐离靠乐器更是飘忽，我还问过吴郡，雷尊殿阿炳能叫开城门琴里就没藏着什么兵器么，估计他会笑说诗言志本身就是投枪历史没有说风凉话的看客都是参与者。吴郡是新时代的人在无锡的报社上夜班，老弛我等夜行动物常常天黑了才动换，再顺手发点消夜图，也是报答社会。

北京夜宵的地方喜欢把鼎簋列到招牌里。吃饭是天下头等大事戒饭不容易，尤其极硬的汉子。古代的圣王也很明白，礼器都是以吃饭的家伙事儿为主。陈列之后，吃与不吃，是人神的界限。多吃一点，以及加饭，以为接近神明，却是猩猩。猩猩好酒，其智慧不能救贪婪。而人情王不能免，毕竟没有那么神，有时靠材料形制爱护苍生宣示国力方便后人断代，从前琉璃走位飘忽制作难得，未免小器，如今的琉璃却仍然做摆设的话，往往没处安排，不合日用即道的理。当然，好物未能坚牢，拂拭总提防碎了，便不能尽心去用。买来看得到宇宙的碗却不用来喝茶，此种敬意殊难领会。老弛也会点着食指说还是太低太浅。高深牛逼的东西既能体之而乐，亦不患不能守，颠扑而不破碎，或者还待其人之来，不然任你坚关固局它也可以化成个什么飞去了。

瓦解冰消，风流云散，琉璃常有不耐烦恼的时候。我一个游手好闲的堂舅从前比划和朋友去掘老坟芝麻开门里面有个大琉璃脸盆大家小心传看中它却兀自碎了。我靠这么大个儿看来墓主社会地位很高当然并不是玉帝王母。不过堂舅的话也不能尽信，他未必能分清琉璃玻璃水晶玛瑙，而我是一定分不清的。蒙笨大姐卫之曾经送两个如意给新星工艺品厂扫地的老顾和我。正在穿串儿打拍子的李厂长瞥了一眼说这破玩意不是阿富汗玉就是料器——琉璃懂吧。其实从古远的坟墓到新近的厂肆，琉璃的大盘小珠都很稀罕，何况从蛸蚨到蟛蜞各有各的好处，自郐以下，亦当陈列，予以尊重。

老弛写下吴越春秋和琉璃，也记录了酒食，互相贯穿，是个很有趣的东西，他开玩笑说叫我来给这本书做注释，我就推他背劝他用心动手时打住，生怕超出我这样读者的视野和想象力太远。后面列出来的这一小部分参考文献大部分我都没看过，此外他还一路收藏了一大堆玩意儿不止是琉璃。去年这拨儿连续作战我没参加，赖在湖上瞅着浮沤日影连个殇字都崩不出来。材料只有在作者那里才能成件物事。如沙砾之成琉璃，如银鱼鸡蛋涨成银鱼涨蛋，不知高到哪里去了。一伙酒肉朋友窃比先贤，年年都去流连吴会，而老弛随意烧作成《琉璃·琉器》。要怪弛老从前编过人大复印报刊资料索引，写什么都不病章句，早把注疏撒到周发商汤里了，郑笺毛解一概多余，兴致来到多写几句示现神变，或依循绳矩或脱落筌蹄，全是为了增加大家的欢喜心。老弛为文做人都很有趣，执问有趣在哪儿是什么东西以为可以抽取的，不如当初就吃盐巴。与朋友共享酒肉恰是平淡中有真味的事，然而不能恒得，要靠读他的近作来充抵，如见其人。再到了谷雨正翻到这去年春天的账，不惦着江南也得邀游约酒了。老弛短信里讲《琉璃·硫器》写完杭州朋友来了，还说起他妈我爸白内障手术的事。老人老了，揉不得沙子的眼睛得换人工晶状体，医院里简称晶体，其实又是非晶体做的。琉璃好像是非晶体吧，庸俗的人们会当作天神的眼睛，的确，看上去比人的眼睛要花哨耐操多了；显然，人的眼睛于人，是最可宝贵的。

2016年4月18日

历史在别处

——有关《琉璃·琉器》

狗 子

　　我还没见过除了老弛还有谁在作品名字上这般讲究的。我说讲究，可能不准确，在给自己作品的命名上（也包括给朋友起外号，据说鲁迅也有这毛病），老弛不是煞费苦心搜肠刮肚那种，他靠的是灵光乍现，张嘴就来，脱口而出。比如，《像草一样不能自拔》《跟范哥犯葛》《发乎情，止于非礼》《素食有素质》《另类令我累》《错觉悟》……还有最新的这本《琉璃·琉器》。

　　我猜，老弛的很多作品都是从名字开始的，至少，一个好名字，会加速他从酝酿构思到具体操作的过渡。

　　当然，光有一个好名字是远远不够的，名字对老弛来说大约就像一块心病，有时是，当这块心病解除之后，一部作品的创作就算真正开始了，有时是作品已经完成，等待那名字闪着光降临，当然也有时（也许是更多时候）作品写到一半，它自己就给自己命名了。就我所知，《琉璃·琉器》大概是第一种。

老弛学外语出身，但好古物已有多年，年轻时好过一段西洋物件，留声机什么的，这些年主要是中国古董，这个也跟鲁迅类似。还有类似的是，小时候动不动就转学，经常受同学或小混混欺负，大学都没毕业……老弛和鲁迅都是天秤座，天秤座眼里不揉沙子，也容易担刻薄之名。

老弛对西施范蠡越王勾践那段历史的兴趣大概从几年前就开始了，一度在酒桌上他常提起，到去年完成《琉璃·琉器》，算是有了一个了结。这个名字的由来我猜多少与老弛父亲对阿坚的评价有关。多年前，阿坚提议"抄老家之旅"，即一帮人去一哥们老家喝大酒兼寻访家谱祖坟，那年我们一帮人从老弛吉林老家回京，老弛父母来接站（主要是带回了一堆家乡特产），阿坚与老弛他爹在车站广场匆匆一见，他爹对阿坚的评价就是四个字："流里流气。"老弛说主要是那天阿坚斜叼着烟卷歪带着帽子。后来这一评价常被朋友们引用。

去年春天，为了写这本书，老弛去浙江江苏一带实地采访考察，我们一帮酒友半是他召唤半是自愿，也从全国各地汇聚于此，最终我们或多或少隐隐约约也变成了这本书里西施范蠡勾践的背景人物。我参加了那次行程的后一多半，大约一周左右，从杭州到绍兴到扬州到南京，天天大酒自不必说，我一般都次日中午起，老弛则每天晚睡早起，走到哪都是记事小本圆珠笔不离手，动不动就埋头狂记一气，劲头十足的样子。

每天都有人喝断片甚至闹酒炸，次日倘有人问，老弛会给大家还原昨夜的情节和细节，这种事在北京一般是别人说给他听才对。我想，或许在外地，至少去年的江浙，老弛像开了天目一般变成了一个浑身通透的历史人，无论是两千多年前的琉璃琉器，还是昨夜的流里流气，通通在他法眼的关照之内，而一旦回到北京，历史就终结了……

　　在北京，好几次和老弛喝酒，他都是刚从潘家园或琉璃厂逛完，一般都不空手，包里或拎着的塑料袋里必有用报纸包裹的宝贝。喝之前，他经常会爱不释手地炫耀和展示，众人诺诺而已，一旦喝多了，宝贝就成了身外之物，如我这般对古物古董无知无觉的人，酒桌上还从老弛手里收过两件他刚淘来的物件，一件是汉代杂技陶俑，还有一块宋代砚台，前者他一百块转给了我，后者是八十还是五十我忘了。

琉璃

黄花黄，蜂子忙。

——民谚

1. 苕溪

范蠡在村子里先看到东施，向她问路。东施知道范蠡是来找西施的，心里自然不高兴，于是给他瞎指了一通。后来范蠡才知道，苕溪村分东村和西村。东村的叫东施，西村的叫西施。那天给他指路的就是东村的东施。但范蠡的心情没受影响，苕溪，他喜欢这个名字，溪者，缓而轻悄之流水。

东施效颦出自《庄子·天运》："故西施病心而颦其里，其里之丑人见而美之，归亦捧心而颦其里。其里之富人见之，坚闭门而不出；贫人见之，挈妻子而去之走。彼知颦美而不知颦之所以美。"由于相貌丑陋就受到嘲笑，庄子似乎不太厚道，对东施也不太公平。

因为西施东施，村子里产生了矛盾。西施所在的西村河水在上游，东村在下游（中国的地理就是如此，永远是东边地势低，所以才有千条江河归大海，才有自古人生长恨水长东），所以苕溪村溪水的使用是分时间段的，从一大早开始，下游先洗菜，上游洗菜时，下游就洗衣服。但闹起矛盾时就不讲究了，上游的村民一大早就在水里涮便溺器。当然，如果西施出现在溪水旁，一切劳作都要停下来。总的来说，东村、西村本来相处得还算和谐。不管怎么样，因为东施和西施的原因，东村和西村产生了不和。西施不愿意看到这个状况，所以她巴不得赶快离开这个地方，她不想见到村民为她闹得不可开交，更不想见到东施无所不在的影子，以及东施对她无时无刻不在的模仿。

范蠡在村子里期间，发生了一件意想不到的事情。西施的父亲在砍柴时不小心砍倒了一棵属于东村的树，被东村的人扣下要求要么赔偿，要么用两张羊皮赎人。要知道在古代羊皮很贵，秦穆公曾经用五张羊皮换来百里奚。范蠡知道这件事后，便用自己车上的两张羊皮把西施的父亲赎了回来。西施的父亲虽然老实巴交，跟任何人都无冤无仇，离开东村时，仍然被村里的地痞无赖踢了一脚，由于咽不下这口恶气，回家后还闹了一场大病。西施看了，更是闹心。

后来，就在西施跟范蠡离开村子来到村口时，无意中跟东施迎面撞上，这可能是俩人唯一一次打过的照面，从此西施东施天各一方。

2.《西施》

想起写这个故事，是看了老邹写的一部歌剧《西施》，剧情大致如下：

序曲从辽阔中拉开。在吴国被囚三年的勾践回到越国，在这幕戏的一段唱词中，出现了桑扈鸟。我特意查了一下，这种鸟像鸽子一般小，颈有花纹，俗称青雀。《诗经·小宛》中有这样的诗句：交交桑扈，率场啄粟。《左传·昭公十七年》中的官名除了用五鸟、五鸠、五雉外，还有九扈，少皞分别用它们命名"九农正"，也就是九个管农事的官员，希望他们能够扈民无淫，督促人们按时耕种。而桑扈就是九扈之一。当然，这是题外话。随着夫差缓慢踩着勾践的背下马，这场戏就结束了。但人们仍然不禁要问，夫差下马为什么不用小板凳，而是要踩在勾践的后背上。

接着，越人就开始了他们的报复计划，文种和范蠡来到苎萝村找到了西施，说明要把她送给吴国，拯救越国。西施没怎么过脑子就同意了，同村伙伴（也是美女）郑旦要求一起前往。在越国经过一番培训后，转眼就到了出发的日子，西施和郑旦前去向勾践辞别，勾践顿时被俩人的美貌惊呆了，不由得唱了好几遍她们是那样的明艳，她们是那样的明艳。俩人到了吴国，夫差也有类似的反应，称西施为在火焰上嗞嗞作响的美人（这种奇特的比喻，听起来有些像烧烤），香草一样的美人，丝绸上的美酒，美酒中的宝石。他显然是中了美人计，但措辞之拙劣，让我觉得有些难以苟同。

在得到西施后，夫差开始每天醉生梦死（其中，出现了响屐廊和响屐舞。响屐廊是姑苏台很重要的一处建筑，据说那是西施和宫女们行走时发出声音的地方，想必是当时西施已经不为木屐不合脚所苦）。伍子胥为此大为不满，在一次宴会中要杀掉西施，却无意中杀死了郑旦，伍子胥为此最终也掉了脑袋。伍子胥一死，越国的机会来了。他们发兵攻打吴国，吴军大败，勾践如愿报仇雪恨。西施以为苦日子终于熬到头了，哪知却在王后的授意下，被文种投入滔滔江水。

老邹对一些剧情的处理，引起了诗人简宁的议论，他尤其不能接受西施是被王后害死的这样一个结局。老简是我和老邹共同的朋友。他认为把西施说成是被王后害死的，削弱了悲剧的力量，真正害死西施而且能够害死西施的，恰恰应该是越王勾践本人。如此一来，这部歌剧就变成了赤裸裸对复仇的歌颂。我不是跟简宁一起看的，但我看的那个版本，应该跟老简的出入不大，扮演西施的是女高音歌唱家幺红（她一出来我一时错乱，还以为是杨贵妃呢）。在查找了一些资料后，我认为剧中的文种有些过于阴险，而范蠡这个人物又过于窝囊和柔弱，丝毫不像传说中的那样神通广大，西施则被拔高了。再有就是一些技术问题，比如落雁这件事不应该安在西施的身上，因为还有王昭君在后面等着呢。

当然，我不否认这部歌剧从音乐到舞台美术都下了一番工夫。关键问题是，中国人到底有没有必要搞一部原创的西洋歌剧，就像它的说明书中强调的那样。毕竟，我们之前已经有了京剧以及很多其他地方剧种了。

后来从《邹静之戏剧集》中看到老邹的一个提示，说《西施》这部歌剧是表现一个女子和自己祖国的故事，其他人诸如范蠡、勾践、夫差和王后只是涉及。这似乎更像是老邹针对各种质疑做出的回答。对此老简仍然有些不依不饶，他认为这部歌剧还存在着一些根本性的错误，譬如那时候的人是没有国家的概念的，特别是对西施这种居住在偏远地区的山村野女而言，国家的兴亡完全感受不到。而且，那时候所谓的国家，不过是一些在周王朝衰落后形成的号称诸侯国的政治共同体，跟现在的国家概念截然不同。但是简宁认为贵族阶层就不一样了，本来养尊处优，一旦被打败弄不好就会被抓去当人质备受羞辱，因此才会有亡国的切肤之痛（此外，市民阶层在生计上也会受到一些战争的影响）。

3.苓草

勾践在历史上以能隐忍著称，历史上的君王都脾气暴，受了委屈后都有生不完的气，都想复仇。但生气那部分顶多抽自己俩嘴巴就过去了，只有勾践一个人真正能做到自残。根据《吴越春秋》记载，公元前四九四年，吴国取太湖水道攻打越国，双方激战于夫椒，结果勾践战败求和。夫椒指的是太湖的椒山（也有一说是洞庭西山），有人认为之所以叫夫椒，是因为吴越语中，山叫作岜（ba），和当时华夏语中"夫"字同音。现在的壮族、东南亚人还这么叫山，因为他们同属百越族。此后，勾践率领范蠡等三百人入臣于吴，走到半道时夫人还生了个女孩儿，很难猜想此时的勾践是什么心情。来到吴国后勾践受尽屈辱，为夫差驾车喂马（夫差每次下马，都要吩咐勾践一声：约束马匹，拴牢车子。勾践总是喏喏地答应。一次，夫差的马受惊了，一溜烟跑得无影无踪。勾践急得四处寻找，但就是找不到。就在天色擦黑时，那匹马自己回来了）。他老婆则日间给水，除粪洒扫。夜间，俩人居于阴冷潮湿的石室之中，不得擅离。不但整天浑身关节酸痛，还要整天跟蝎子、蜈蚣为伍。据说石室的岩壁上还有一道道之前犯人留下的血手痕。

但最让勾践感到屈辱的，是他还要给夫差当上马石，那时蒙古人还没有发明马镫，谁要下马时只能从马背上跳下来，而要想上马只能靠干拔。作为国君，夫差的马估计有很多匹，而且脾气肯定也都不是一般的暴躁，如果哪匹马生了小病或者跑丢了，马夫就得被砍头。勾践的处境可想而知。几年下来，勾践不但学会了给马看病，也积累了一些相马的学问，差一点儿当了伯乐。

一次夫差生病，好长时间都查不出病因。勾践自告奋勇，去尝夫差的大便，估计夫差的重口味，就是这时候落下来的。据说这件事是范蠡出的主意，目的是为了麻痹夫差，但是勾践尝过大便之后，整个人都不对了。《吴越春秋》中，对这件事有详尽的描述：越王明日谓太宰嚭曰："囚臣欲一见问疾。"太宰嚭即入言于吴王。王召而见之，适遇吴王之便，太宰嚭奉溲恶以出，逢户中。越王因拜："请尝大王之溲以决凶吉。"即以手取便与恶而尝之，因入曰："下囚臣勾践贺于大王。王之疾至己巳日有瘳，至三月壬申病愈。"吴王曰："何以知之？"越王曰："下臣尝事师闻粪者，顺谷味，逆时气者死，顺时气者生。今者，臣窃尝大王之粪，其恶味苦且楚酸。是味也，应春夏之气。臣以是知之。"吴王大悦，曰："仁人也。"乃赦越王，得离其石室，去就其宫室，执牧养之事如故。越王从尝粪恶之后，遂病口臭。范蠡乃令左右皆食芩草，以乱其气。

这里说的芩草，应该是黄芩，其功效主要是清热解毒，止血止泻，兼治上呼吸道感染。汉代的张仲景发明的三黄汤中就有这味药。但我怀疑范蠡让大家吃芩草究竟能有多大功效，因为越王吃了夫差的粪便后口臭，主要很可能是因为心理作用。至于后来勾践回到越国后尝胆，当属当年尝便留下的后遗症。这个后遗症不光表现在勾践身上。相传，于元朝年间成书的《二十四孝》中，就有《尝粪忧心》一项。这本书影响巨大，成为一代又一代人的蒙养读物。但我认为对于孝道的过分强调，削弱了这个行为对于传统医学的贡献，反而会让人觉得他们有些做过了头。

既然芩草能除口臭，不知道现在的牙膏里有没有这个成分，也不知勾践和范蠡两人在尝溲之前是否假惺惺地彼此推让。勾践尝大便不久，就到了夫差过生日，即所谓千岁之寿。寿宴上，勾践盛赞夫差的九种美德：宽而栗，柔而立，愿而恭，乱而敬，扰而毅，直而温，简而廉，刚而塞，强而义（见《书·皋陶谟》）。把夫差搞得更加飘飘然，于是决定早早放人。

4. 苦逼

《史记·越王勾践世家》中说："越王勾践，其先禹之苗裔，而夏后帝少康之庶子也。封于会稽，以奉守禹之祀。文身断发，披草莱而邑焉。"如此说来，不过是个给大禹看庙的（当然，这只是一个笼统的说法），而且多少有点儿摇滚范儿。这里说的会稽，应该就是现在的绍兴。

至于卧薪尝胆，后来也有人考证过，尝胆确有其事，卧薪不过是一种励志的说法。因为卧在柴火上肯定睡不着觉，而睡眠不足会直接导致抑郁，而人一旦患上抑郁症，就什么事情都办不成了。所以，卧薪只是象征性的说辞，大不了就是直接睡在地上，不铺褥子或者床垫。春秋时期，好像已经有了床榻。

除了卧薪尝胆外，勾践在此期间还不听音乐，不见美女，吃饭没有鱼肉，只吃一道菜还不放佐料。依我之见，素菜不放佐料还凑合，大鱼大肉不放佐料怎么吃啊。不仅如此，夫妻俩衣着也不加修饰，粗针大线，不带任何花纹，就连暗花也不行。有时，勾践还会像一个农夫一样，亲自下田耕种，资料显示，卧薪尝胆期间，勾践每天还要去郊区种地，按照比较风雅的说辞，就是耕于野（其实那块庄稼地离他住的地方几步路就到了）。另外，还要关心一下社稷，再拜祭一下青蛙（驯化鸟鱼昆虫），一天的时间很快就过去了。

他老婆也是自己养蚕织布，真是一对奇葩。完全可以这么说，一仗把越国打回到河姆渡新石器时期文化，女人用骨针缝衣服，男人用鱼叉叉鱼，划船时没有桨就用胳膊。

这可苦了周遭的人，勾践不吃鱼肉，大臣们也不好意思吃。范蠡和文种实在馋得没办法，便轻车简从，悄悄溜到乡下下馆子。有一次，范蠡下完馆子去上班，嘴里的鱼味儿被勾践闻出来了。范蠡暗叹，到底是百里之神，千里之君啊。出乎范蠡的意料，勾践没发作，这要在以前，勾践那脾气绝对不会给好脸。想不到勾践又说，朕从来都是不厄穷僻，尊有德，与民同苦乐，激河泉井，示不独食。范蠡听了心里叫苦，示不独食的意思该不会让臣跟您一块儿尝胆吧。

为了表达对先贤的敬畏，同时让自己的内心变得强大，勾践像尧帝一样每天目送日出日落（见《春秋公羊传》），如果遇到梅雨天，没有太阳，勾践就会变得十分焦虑和失落。此时的勾践绝不会去想人的一生应该如何度过，而是如何把眼前的时光给打发了。而梅雨时的吴国，家家户户已经开始合酱制醋了。

尽管睡眠还算充足，但勾践还是患上了焦虑症和强迫症。焦虑症是指每天不想别的，就想着如何报仇。而强迫症则是指这对儿奇葩的每天都是从对称早餐开始，从吃的食物，到摆放的方式必须一模一样。吃早餐时天还没亮，但俩人都相信对方在码放食物时能够绝对诚实。

还有一件事情，是勾践每天必须做的，那就是刷牙。春秋时期《礼记》上就有"鸡鸣初，咸盥漱"。大致是用酒、醋、盐水和茶制成的漱口剂漱口。最早的牙刷是右手中指，蘸一些能够洁齿的香料刷牙。最早的牙刷叫木齿，没有见过，估计跟树杈之类的差不多。但勾践更喜欢用杨枝，即把杨枝的一头咬软形如扫帚，蘸上一些有除臭功能的药物刷牙，有时候干脆直接嚼一些嫩树枝。杨枝大概就是杨树的树枝，当时越国杨树不多，要派人四处去找。

5. 怒蛙

勾践急于伐吴，屡次被范蠡用各种理由阻止，一会儿说时机不对，一会儿说还没准备好。而且还经常关心他的脚伤，原来，回国途中，怕吴王变卦，几个人开始还慢慢腾腾地走，过了国界后撒丫子就跑（此时，我的脑海里不禁出现了三只鸭子），勾践还把脚崴了。后来每当范蠡问候勾践的脚伤，勾践都说快别提了。他怕这件事传出去，有毁一国之君的形象。

但一天不报此仇，勾践就多一天煎熬。范蠡看出来，所谓修行完全没有用，大王的性子比原来还急，脾气比过去还暴，几乎可以说是自欺欺人。

有时，勾践会跟范蠡在一起坐而论道（他们的谈话很有质感）。

勾践对范蠡说：我就是咽不下这口气。

勾践说这话的时候，离范蠡很近。

范蠡下意识地捂了捂鼻子。

范蠡：臣又何尝不是如此呢。但越是捉急，越要隐忍，十年生聚，十年教训。

勾践不知道范蠡为什么要躲，又往前凑了凑：加起来要二十年？

前面说过，勾践为了复仇，到了走火入魔的程度。除了自虐外，就是修炼德行，只要是与此相关的，他都会去做，除了前面说过的那些，《太平广记》中有这么一则，说：越王勾践既为吴辱，常尽礼接士，思以平吴。一日出游，见蛙怒，勾践揖之。左右曰：王揖怒蛙，何也？答曰：蛙如是怒，何敢不揖。于是勇士闻之，皆归越而平吴。

但青蛙为什么会生气，勾践始终没弄清楚。

一天，勾践问文种，怎么能看得出青蛙在生气。

文种说，青蛙生气时，肚子会突然变大。

勾践又问范蠡，青蛙生气时该如何安抚。

范蠡说，不要试图安抚，不然它会越来越生气，直到肚子爆炸。

文种说，还会躺地上不动。这时，它的脾气最容易失控。

范蠡问勾践，安抚青蛙时它知道吗？

勾践说：当然不知道，就是人在怀恨时，也是毫无恻隐之心的。

文种和范蠡吃了一惊。

他俩不明白，勾践为什么把时间都花在这种无聊的问题上。

还有一次，勾践跟范蠡请教如何打仗。

范蠡借用孙子的话说：昔之善战者，先为不可胜，以待敌之可胜。不可胜在己，可胜在敌。故善战者能为不可胜，不能使敌之必可胜。故曰：胜可知而不可为。

对于这种近似于绕口令的话，勾践似懂非懂。

勾践并不觉得好笑。他说，我需要安静。

文种和范蠡便退下去了。后来文种告诉范蠡，为了拜祭方便，勾践特意把那只青蛙请到了宫里，想不到它气得更厉害了，没几天就死了。勾践生怕别人知道后耻笑自己，于是便在夜里，一个人悄悄去后花园把青蛙埋了。

6. 苎萝

很早就听说过杭州的萧山与诸暨争西施故里。萧山的依据来自《后汉书·郡国制》刘昭的注释：萧山西施之所出。真实情况是西施赴吴国时，经过萧山临浦，在此停舟沐浴，流连再三，方解缆登程。还有一种说法，说西施即将去国心情不佳，只是吃了一点儿萧山萝卜干，喝了一碗稀粥。除了萧山外，还有一个叫馀暨，据说也有人认为是西施故里，说的大概就是诸暨。于是，最后还是把诸暨的苎萝村定为西施故里了。

有好事者考证，苎萝村当时有一百多户人家，算是一个不小的村子。若耶溪（也叫苕溪）从村中流淌而过，当年西施就是在溪水旁边洗衣服，后来苎萝村就改成了浣纱村。西施的父亲砍柴为生，母亲则浣纱也就是给人家洗衣服。母亲洗衣服时，西施会在一旁帮忙。

范蠡看到西施那天，西施没有在河边洗衣服，而是看着溪水发愣。范蠡后来知道，那是西施在照镜子。说到浣纱，很容易让人想到那种薄如蝉翼的织物，实际上在春秋时期，只有贵族才可以穿丝绸，百姓只能穿棉布或者粗麻。包括服装的样式也是有很大的区别的，贵族穿的宽宽大大，上面还绣着飞禽走兽以及各种花卉和植物（后来贵族的衣服变短，是为了便于骑射，主要是受到胡人的影响）。而百姓的衣服（特别是男装）是不能过膝的，袖子也不能太长，因为那会妨碍下地干活。即便百姓织出绫罗绸缎也不能享用，而是要作为税赋缴纳。

所以，西施在溪水旁放在石头上用棍子打的衣物大概多是葛和麻（所谓苎萝，就包含了这个意思），并不像人们想象得那般诗意。沈从文所著《古人的文化》里有一篇《古代人的穿衣打扮》，专门介绍了古代人在这方面繁琐的规章制度，有兴趣的可找来一读。

西施的容貌，让范蠡眼睛一亮。在古代社会，妇女会洗衣服不算美德，但美貌却不是每个人都有的。西施也觉得范蠡的打扮与众不同，看着就像是从天上掉下来的，尽管他的模样确实有些落魄。范蠡没有急着向西施说明来意，更没让她马上答复，而是在村子里住了下来，日子过得优哉游哉。范蠡甚至产生了这辈子哪儿也不去，就住在这里的想法。他也许是实在累坏了，要知道为了这件事情，范蠡四处奔波达半年之久，诸暨离越国都城会稽足有二百多公里，范蠡的脚都走肿了，现在总算有了眉目。

这天，范蠡在一片地里看到一种蓝色的草，以前他从没见过。范蠡猜测，这是当地人用它做颜料来染衣物的。后来范蠡在村子里看到一家纺织作坊，证实了他的猜测。范蠡还发现苎萝村妇女纺出来的麻又细又好，丝毫不亚于绫罗绸缎。但他的心里仍然不踏实，因为在西施的脸上，丝毫看不到国恨家仇，她会跟自己走吗？

有人认为，西施跟范蠡很早就认识。回到越国后，范蠡和文种被封为上大夫，但整天基本上也没什么正事可干，于是便兼了采风使，四处搜集民歌之类的。西施就是范蠡当年搜集民歌时认识的，时间应该在公元前四九六年，吴越槜李之战前夕。

这天清晨，范蠡刚醒就听到远处传来的歌声，他一下就被吸引了。至于想知道古代越人是如何唱歌的，可以参照一下《越人歌》。据说当时的越人使用的是侗族语言，开始记述下来的都是一些声音，其意义后经楚人整理译出，因此读起来很像楚辞。楚辞大家都熟悉，动不动就是兮呀什么的，虽然没什么实质内容，但充满了力量和激情。看见范蠡，西施便往山上走，范蠡紧随其后。

7.美人宫

　　西施和同村美女郑旦到了越国都城，被安置在美人宫。《越绝外传记地传》云："美人宫，周五百九十步，陆门二，水门一，今北坛利里丘土城，勾践所习教美女西施、郑旦宫台也。"在这里，范蠡让人教会西施和郑旦跳舞、下棋、弹琴，当然还有礼仪及宫廷制度，特别是逐步建立起来的新的礼制和俗尚系列，比如穿衣，便有所谓"服以旌礼，礼以行事，事有其物，物有其容"之说。食不语寝不言肯定要知道，也就是吃饭睡觉时不能说话。吃饭时说话不太卫生，而且会影响消化，甚至会产生呛噎，致使食物进入鼻腔或气管，场面会十分难看。特别是吃鱼的时候说话，喉咙还容易卡刺。

　　吃饭过程中，还有很多其他的讲究。《礼记·曲礼上》中介绍了一些详尽的规定，比如，要把主食放在客人的左手方，羹汤放在靠右手方。如果客人端着饭碗起立说客气话谦让，主人应起身说些敬请安坐之类的话，然后客人坐定，主人劝客人进食。主人没吃完，客人不要漱口表示不吃。陪长者吃饭，主人取菜肴给你，必须拜而后食。众人一起聚餐，不可只顾自己吃饭，还要注意手的清洁。不要吃得满嘴淋漓，不要吃得啧啧作声，不要将没吃完的食物放回到碗盘中，不要偏食，不要当着主人的面调和菜汤，不要当众剔牙。进食完毕，客人应起身向前收拾桌子上的器皿交给旁边的侍者，主人要跟着起身，请客人不必动手（越国、吴国有分别），然后客人再坐下。喝酒的时候，长者举杯尚未喝干，晚辈不能先喝干等等。

寝不言比较好理解，临睡前说话，会导致大脑里产生杂念，导致失眠多梦，从而影响睡眠质量。但也有人认为，寝不言是不能说梦话。郑旦本来跟西施睡在一起，但自从西施有一回听见郑旦说梦话，姐妹俩就分开睡了。

金银环的佩戴也有很多讲究，女人戴配饰有表示有无身孕的意思，另一个原因是要让人知道行踪，冷不丁地出现会把别人惊着。另外，胭脂也是为了记载月经日期的（不知道依据是什么）。总之，主要是宫廷里的繁文缛节，以便到了吴国后，跟那边的生活迅速接轨。特别是要让西施了解夫差的生活习惯。比如夫差在宴请宾客的时候，喜欢玩一种叫作投壶的游戏，参加宴会的人用无簇之矢轮流向壶中投掷，以投中多者为胜。具体的游戏规则，《礼记·投壶》中有详细记载，其中云："投壶之礼：主人奉矢，司射奉中，使人执壶。主人请曰：某有枉矢哨壶，请以乐宾。宾曰：子有旨酒佳肴，某既赐矣；又重以乐，敢辞。主人曰：枉矢哨壶，不足辞也。敢固以请。宾曰：某固辞不得命，敢不敬从？宾再拜受。"

由此可见，在游戏过程中，还有一番比较繁琐的礼仪，参与游戏者在投掷过程中，口中念念有词，一方面是为自己加油，另一方面是在气势上压倒对手。这个游戏比较简单，西施和郑旦一学就会了。

说到夫差的爱好，西施担心夫差喜欢细腰女子，觉得那会饿死人的。周围的人听了笑得不行。西施和郑旦在美人宫一共三年，在这个非常漫长的过程中，西施和范蠡见面的机会并不多，范蠡主要在忙一些别的事情，诸如监督铸剑以及修筑新的城池。于是勾践把培训西施这件事交给了文种。

8. 匠人

勾践的剑铸好了以后，要用琉璃装饰剑柄。本来有几块现成的琉璃，勾践看了都不太满意，于是决定请人专门烧制。范蠡从临淄请来一个琉璃匠人，但是当范蠡第一眼看到他就后悔了。那个匠人个头矮小其貌不扬，不爱说话，留着两撇鼠须，眼睛还有点斜。但更让范蠡忍受不了的是他的怪癖，每天开工前要面壁一个时辰，任何人不能打扰。另外，此人爱吃烙饼卷大葱，还爱喝一种透明的酒，那酒很辣，度数也很高，范蠡曾经尝过一口，醉得三天三夜不省人事，险些把勾践交代给他的正事耽误了。

临淄是周代齐国故都，原名营丘，因东临淄水，在春秋时期被齐献公更名为临淄。现在是淄博市下面的一个区。从北京去临淄，比较方便的路线是乘坐高铁先到淄博，然后换乘汽车，行驶不到两个钟头就到了。

齐国的传奇，从管仲射小白开始。后来小白成了齐桓公，没有记恨管仲，反而重用他。由于小白治国有方，齐国没过多久便成了春秋五霸之首。作为齐国的都城临淄，成为"海岱之间一都会也。其俗宽缓阔达，而足智，好议论，地重，难动摇，怯于众斗，勇于持刺，故多劫人者"（《史记·货殖列传》）。据说临淄城内的居民一度多达七万户，人口达数十万。当时人形容"临淄甚富而实，其民无不吹竽鼓瑟，击筑弹琴，斗鸡走狗，六博蹹鞠者。临淄之途，车毂击，人肩摩，连衽成帷，举袂成幕，挥汗成雨，家敦而富，志高而扬"（《史记·苏秦列传》）。

齐国手工业非常发达，淄博所辖的博山，被称为中国琉璃之乡。十个琉璃匠人，九个是从那儿出来的。

匠人告诉范蠡，这是齐国酿制的一种烧酒。

范蠡以为，这么烈的液体是熔化金水用的。他奇怪这种东西喝下去，人的五脏六腑如何受得了。除了喝酒，匠人还有一个爱好，每周必须看一次斗鸡。范蠡也满足了他，但左等右等迟迟不见匠人开工。一天下午，范蠡去找匠人，发现匠人在睡大觉。

范蠡向匠人请教制作琉璃的诀窍。

匠人说：金木水火土，外加时辰。

范蠡心想，这话说了等于没说。

一次，趁匠人外出，范蠡偷看作坊。一千多度的高温，一下把他逼出来了，眉毛差点儿烧焦了。最令范蠡懊恼的是，他的一根长寿眉，烧得只剩下半截。这根长寿眉在他弱冠那年就长出来了，平时范蠡对它呵护有加，就连睡觉也怕把它压着。

范蠡偷窥的事，很快就被匠人知道了。他对范蠡讲，这锅琉璃烧坏了，要重新烧。范蠡问他为什么，匠人说因为温度不够，因为有人趁他外出时，把炉门开开了。

范蠡奇怪，明明是屋门，怎么变成炉门了呢。

范蠡问匠人有什么办法补救，匠人说要用犀牛角，还有瞪羚的血。范蠡只好照办，后来范蠡知道不是那么回事，他被匠人耍了。

不管匠人提出多么奇怪的要求，范蠡总是想尽办法满足。

其实匠人的要求很简单，就是要求范蠡陪他喝酒。理由是一个人喝酒，实在太闷了。

范蠡的回答是，除了陪你喝酒，你让我干什么都成。

9. 泛舟

范蠡和西施终于得空聚在一块儿。这天，范蠡把一块蓝颜色的琉璃送给西施，说这是千年冰幻化所得。因为在手里攥的时间太长，所以不那么凉了，而且有一些汗渍。西施说，是不是本来想烧玻璃，没烧好就烧成这个样子，所以拿千年冰来哄我。话虽这么说，范蠡看得出来，西施是从心里喜欢的。他告诉西施，这块千年冰是他多少年前在夜观天象时，从天上坠下来的，当时还拖着一道火焰，玻璃哪有这般稀罕。

还有一种说法，说是范蠡送给西施的琉璃是铸剑时无意烧出来的，勾践给这种绿色的粉末取名为剑道，并把它赐给范蠡，范蠡请工匠加了一些矿石重新回炉烧制，才变成后来的琉璃。

范蠡跟西施说：过去天地间没分开前就是这个颜色，分开之后反而混沌了。

西施：既然是冰，怎么不融化？

范蠡：它历经火焰，该融的都融完了。

范蠡帮西施佩戴上琉璃，发现西施好看得像是另外一个人。

西施提议去划船，范蠡发现西施走路的姿势变化。可能是因为她穿的底层加厚的木屐还不太习惯，才微微皱着眉头。一问才知道，为了让西施的脚看上去小巧，文种让人专门做了一双木屐，反而看上去更有味道了。鞋底是双层的，是因为越地多雨，地上过于泥泞。

春秋时期，单层鞋底的称为袜，一般是用麻绳编成的。双层鞋底的称为舄，也就是在单底的袜下加一块木板，以适应下雨的天气。那时候的鞋都不分左右，所以不管怎么穿都不会太舒服。而且，按照当时的规矩，不管再好的鞋都不能登大雅之堂。坻坐于长者，屦不上于堂，解屦不敢当阶。也就是说，在一般情况下，当时的人在堂上或者室内是不穿鞋的。在隆重的礼仪场合，不但要脱鞋，还要脱掉袜子（据说春秋时期的袜子是皮质的）。所以，当俩人去湖上划船时，西施习惯性地要脱鞋，被范蠡制止了。范蠡说，咱俩就不论这个了。但西施不听，因为她喜欢赤足嬉水。

鞋子开始分左右是从明朝以后，正确与否我没有认真的考证。不过我觉得不分左右有不分左右的好处，早晨起床时或者喝大了的时候，就不会担心把鞋子穿反了，丢了一只也容易配套。鞋可以不分左右，但衣服要分。在一册古人的笔记中，就记载了吴中地区女裙的穿法：他处女裙俱右掩左，独吴中皆左掩右。相传元兵破吴城之先，有将素与吴妓通，曰："兵入城见左掩右者免。"妓得信，遍告所亲，妇女效之，遂成风俗。

还是说这天，范蠡和西施相约在太湖上划船。西施在湖边等了良久，范蠡才出现。但西施没有怪罪他，反正古代人没什么时间观念。西施看到范蠡腰上挂着一大串钥匙，感觉怪怪的。等范蠡走近一看，才发现是一串刀币。古人的腰间都很啰嗦，要配玉饰，要配香囊，贵族还要佩剑，当官的还要携带印章（就是平常说的钮印）。

范蠡跟西施解释迟到的原因，说宋国有户人家，世代为人漂洗棉絮，在长期积累的经验中，这家漂洗专业户配制发明了一种不皲手的药物秘方。后来，有个商人高价买下了这个秘方，凭此方游说吴王，获得了高官厚禄（《庄子·逍遥游》对此有过记载）。现在，范蠡又花大价钱把这个秘方买下来了。西施听了十分感动，似乎能听出来不像是借口。那天的天气很好，太湖里还没蓝藻。时值六月，湖面上开着荷花，远处的穹窿山依稀可见。眼前的良辰美景反而让范蠡怅然，不知道下次划船是在什么时候。当时，西施还没被视为荷花的化身。大家都知道，荷花属水生植物，晨开暮闭，不耐寒，花期半年。天色一暗，就无精打采。

说话间，船划到穹窿山脚下。

范蠡：那是穹窿山，那座山峰叫作箬帽峰，别看就海拔三百多米，但因为是本地的最高点，所以终年云雾缭绕宛若仙境。它的南坡背面就是吴，传说上古时候，这座山比周围其他的山要低很多，而且山梁中间是凹下去的，形成了一个山口。当时人们认为这个山口就是天之口，沿用下来，天口二字合在一起做了地名，吴就是这么来的。

西施微微皱眉：是真的吗？

范蠡：姑妄听之吧。凡是传说，都有它经不起推敲之处。但有一点可以确定，山的高度决定着国君的眼界是否开阔。

西施从范蠡的语气里，听出了对吴国的蔑视。

正在这时，从远处开来了一艘吴军的大船，它掀起的波涛险些把范蠡他们的小船弄翻了。范蠡的剑也差点落入湖中。吴军大船的出现，彻底破坏了俩人的心情。特别是西施，从没受过如此惊吓。范蠡倒是比较坦然，一副大风大浪全都见过的神情。吴国经常在太湖训练水军，范蠡早就对此司空见惯了。

《伍子胥水战兵法内经》里对吴国的战船也就是大翼有如下描述：大翼一艘，广一丈五尺二寸，长十丈。容战士二十六人，櫂（同棹）五十人，觞胪三人，操长钩矛斧者四，吏仆射长各一人，凡九十一人。当用长钩矛长斧各四，弩各三十二，矢三千三百，甲兜鍪（也就是头盔）各三十二。中翼一艘，广一丈三尺五寸，长九丈六尺。小翼一艘，广一丈二尺，长九丈。算得上是航母级别的了。

吴国有这么大的船也不奇怪，《搜神记》载：吴时，有梓树，巨围，叶广丈余，垂柯数亩。吴王伐树作船，使童男女三十人牵挽之。船自飞下水，男女皆溺死。至今潭中时有唱唤督进之音也。

过了一会儿，俩人全都恢复了平静。范蠡又半开玩笑地劝西施不要经常皱眉，时间长了就会形成习惯。再后来随着天色渐暗，湖面上起风了，本来水面上的风就比岸上大，小船在波涛中起伏不定，西施有些头晕，俩人便上岸了。

10. 淹城

说到越国人的悲惨境遇，不得不提淹城。大概五年前我去常州办事，住在武进的一家酒店。正好狗子在那一带游历，便带上一个叫荣岩的当地朋友来看我，我们仨喝了一夜大酒，第二天午饭后去了淹城。当时好像是八月份，正是最热的时候，没走几步衬衣就被汗水弄湿了，很不舒服地贴在身上。当时的淹城还没开发，完全是一座荒地，周边有一条很深的壕沟，但没什么水，要去岛上必须要经过一条摇摇晃晃的铁索桥。岛上杂草丛生，掩没了小道，而且除了树木没有任何别的。我们几个人带着头天晚上的酒劲儿，在岛上昏头涨脑地毫无目的乱走，似乎只是为了让酒精快一点儿挥发。

这时，荣岩突然从土中踢出了一枚铜钱，这简直太匪夷所思了。鉴于铜钱上生满铁锈，可能是铁的成分比较多，上面的字已经模糊不清。这个外圆内方的铜钱是春秋晚期的吴国钱币吗，似乎不太可能。那个时期流行布和刀币，均属于齐国和楚国货币体系，跟吴国的关系都不大，《史记·货殖列传》对此也语焉不详。不管怎么说，圆形的铜钱应该是秦始皇时期才开始出现的。但吴国不可能没有货币，我在这方面所知不多，还是不做评论的好。荣岩当即把它送给了我，这枚铜钱至今我还保留着（但不知放到了哪儿）。

相传这里就是夫差囚禁勾践的地方，但很快就被否定了。我查找到一些相关的资料，比较完整的信息是它的行政位置属常州市武进县湖塘乡淹城村，离吴中一百一十四公里，离无锡将近六十公里，离苏州一百零几公里。距离都不近，吴王要出行的话，从淹城临时牵马，肯定来不及。至于勾践究竟被囚禁在何处，有几种不同的说法，也不知到底哪种说法更接近于真实。说不定为了防止勾践逃跑，夫差换了好几个不同的地方。

自上世纪三十年代初，就有人对淹城进行了考察，一九五八年以后又对淹城进行了考察，几次考古发掘，先后出土了四艘独木舟，二十多件青铜器，青瓷无数（印象中泥土里到处都是一些青瓷碎片）以及纺轮等工具多种。证实这里曾经是囚禁越俘房家属的地方，主要是让她们在岛上生产一些日用品等（也不排除其中包含着一些紧俏商品）。它始建于春秋末期，到了战国便废弃不用了，这跟吴越争霸的历史也是吻合的。为什么说它是一个囚禁俘虏的地方呢，古城的形式就可以证明，它面积不大，所谓"三里之城，七里之郭"，有三道城墙，三道城河，层层相套，要害处都有军事设施把守。每道城墙只有一个城门，没有陆路，进出全靠独木舟。可以想象，囚禁在这里的越人穿着用赤铁矿赭色石块染成的"赭衣"像奴隶一样没日没夜地劳作，女人们靠跳舞缓解疲劳。

关于淹城，还有一些其他传说，在我看来，有些近乎无聊了。我觉得与其把它开发成一个旅游项目，还不如把它恢复成古代监狱更为合适。在两千八百年前的幽灵的陪伴下游玩，很难设想会是什么一种心情。

湖北马王堆汉墓出土的帛书《春秋事语》，就载有吴国进犯越国之事，吴军把俘获的越民施以残酷刑罚，比如断其手足，又命其看管船只，处境比奴隶还不如。不管怎么说，拉仇恨的事儿双方都做了不少，而那些被俘的越人肯定对吴国人更是恨之入骨，连做梦都想寻找机会报复。吴国大臣伍子胥放话：有吴则无越。越国的大臣范蠡则说：非吴则越。

11. 丹鸟

那一天正是春分（或秋分也不一定）。古人很看重这个重要日子，天气不冷不热，白昼和夜晚的长短也一样，对农业的影响倒是在其次。这天，通往吴国的路上，勾践实在累的一步都走不动了，但又不得超过吴国人所规定的期限。他和范蠡等一群人正在发愁，突然从远处飞来一只丹乌，二话不说驮起勾践就飞走了。

丹乌驮着勾践在天上飞翔。勾践知道丹乌是祥瑞的鸟，红色和黑色也是吉祥的颜色。春秋战国时期，视玄黑和赤两种为正色，是吉色（即所谓玄乌）。勾践之前只是听说过丹乌这种鸟，但从没看到过，更想不到它能在这个时候出现。

丹乌最先打破沉默：新手上路，请多关照。

原来这畜生是头一次驮人，勾践不禁一身冷汗，看到丹乌身上没安全带，他不由自主地勒紧了丹乌的脖子。

丹乌：你快要把我勒死了。

勾践只好把头伏在丹乌的后背上，他听见丹乌肚子里咕噜咕噜直响。

丹乌说它日行千里，已经好几天没吃东西了。它还解释说，庄子逍遥游里说的鲲鹏也是鸟，但不是丹乌，希望勾践不要把它跟鲲鹏搞混了。丹乌还说它经常在这一带飞翔，知道哪儿有好吃的，也知道哪儿最危险。

勾践说来到世上这么多年，这是他头一次鸟瞰。

勾践忍不住感慨道：山之南多荒峻，其西北皆崇岩浚壑，林木森茂，郁然幽胜。

丹乌回答：夫山林气茂，则百植骈生；泉土攸宜，则众毛益美。

勾践想不到这只飞禽还挺有文化。过了一会儿，他还是忍不住对丹乌说，之前从没见过像你这种颜色的鸟儿。

丹乌听了有些生气，说：这话是什么意思，是嫌我长得黑吗？

勾践连忙解释：哪里，谁都知道红色和黑色代表着吉祥。

接着，便又是很长一段时间的沉默。

丹乌突然冲着太阳飞，勾践的眼睛都快晃瞎了。

勾践问丹乌，这是要去哪儿？

丹乌说，这个问题太终极了。

勾践听出丹乌要把他带到一个遥远而陌生的地方，于是央求，把他送到吴国，因为他答应吴王去做人质。话音未落，勾践能感觉到丹乌明显地停顿了一下。然后，丹乌叹了一口气，失望地说，也只好这样了。之后，不管勾践问什么，丹乌都不再作答，它一会儿贴着水面飞行，一会儿又直抵云端。尽管如此，当丹乌把他放到吴国都城时，范蠡他们已经到了，而且已经等待良久。

范蠡：肯定是绕路了。

听到勾践的描述，范蠡分析道。

史料记载，初，越王入吴国，有丹乌夹王而飞，故勾践之霸也，起望乌台，言丹乌之异也。蛇门。丹乌是一种红色的乌鸦，古谓丹乌出，乃国之祥瑞。《文选·扬雄〈剧秦美新〉》也说："若夫白鸠丹乌，素鱼断蛇，万斯蓑矣。"

《搜神记》载：越地深山中有鸟，大如鸠，青色，名曰"冶鸟"，穿大树作巢，如五六升器，户口径数寸，周饰以土垩，赤白相分，状如射侯。伐木者见此树，即避之去。或夜冥不见鸟，鸟亦知人不见，便鸣唤曰："咄，咄，上去。"明日便宜急上。"咄，咄，下去。"明日便宜急下。若不使去，但言笑而不已者，人可止伐也。

一次，越军围攻吴国城池时反被吴军包围，危急时刻，大群的丹乌出现，啄伤吴军无数，把勾践救出重围。为了纪念这种神奇的飞禽，勾践不但忍着剧痛，在身上纹了一只丹乌，还在丹乌驮起他的地方建了一座望乌台。但不管如何翘首引颈，敲锣打鼓，丹乌再也没有出现过，倒是招引来几只乌鸦。

12. 流离

西施和郑旦临去吴国的头天晚上，范蠡观天象，什么都没看到。原来，几天前西施把他的五彩衣洗坏了，范蠡感动之余，不由得哀叹，这么上等的丝绸，怎么能用棒子打呢。西施洗衣服时，显然还是用洗粗布的老办法。可见，一个人的生活习惯是多么顽固。范蠡本想告诉西施，丝绸不是这个洗法，应该用手轻搓，洗完了还不能拧（免得出褶皱），然后晾在背阴处慢慢地吹干。但话到嘴边，又咽回去了。

这天，本来是勾践召见范蠡，看范蠡半天不来，勾践非常生气。范蠡只好跟勾践解释，说他在观天象时看见了丹乌，勾践半信半疑。又过了一天，文种带着西施和郑旦跟勾践道别。西施来了这么久，越王还没来得及见呢。当时勾践在柴堆上呼呼大睡，听说西施她们来了，赶紧披衣起床。勾践自以为修炼得可以，但西施的美貌仍然让他心头一惊，果然倾国倾城啊，难怪范蠡这阵子疯疯癫癫的，像变了一个人。但勾践脑子里掠过的头一个念头，就是这样的美人，夫差肯定会中计。一个每天惦记报仇的人，不会有时间去想别的。

在老邹的剧作中，再现了当时的场景。勾践的唱词是这样的：啊，她们是这样的明艳（唱了好几遍），像明月下饮水的小鹿，像雨后飞出的燕子。接下来的情景，显得有些滑稽，西施注意到君王眼中要流出的泪，可能还闻到了轻微的口臭。王后在一旁提醒，别忘了你复仇的誓言。范蠡的话则像是质问：难道国家的兴亡，真的要靠这种办法？

范蠡送西施上路，临分别时，西施把那颗琉璃还给范蠡，嘱咐他下次烧的时候当心点儿。范蠡回答：长毋相忘。这句话击中了西施的泪点，西施当场就哭了。如果之前告别的时候是君王的眼泪在眼眶中打转，西施流眼泪这回的确是真的。按照比较八卦的说法，西施的眼泪滴落在琉璃上，这就是琉璃的所谓来历。琉指的是西施流下来的眼泪，璃当然指的是范蠡啦。流离，这就是琉璃真正的意思。当然，不是说在他们之前没有琉璃，只不过叫法不一样，就不在此挨个列举了。不管怎么样，范蠡看到那颗琉璃瞬间发生了变化，它不但变得更加剔透，颜色似乎也在流动，仿佛就像真的融化了一样。

话说西施走后，勾践虽然心中也有些失落，毕竟美人难得。但他还是安慰范蠡说，没关系，西施不在还会有东施的。范蠡听了恨得牙痒，他心想这件事关你蛋疼。但后来的事实证明，勾践确实有他的预见性，其实在若干若干年前，东施就出现了，当然她从西施那儿只学来了病病怏怏的样子。

13. 七术

从吴国回来后，范蠡开始在吴中修建都城吴越城，从名字就能看出越国对吴国的附属关系。吴中离吴国都城姑苏不过三十多公里，可以说是在吴国的眼皮子底下。范蠡故意把城修的很小，看上去就像是一个模型。《会稽志》卷一云：越王臣于吴，故城北向。以东为右，西为左。小城周三里七十步，陆门四，水门一。

夫差当时的一大乐趣，就是带人上穹窿山去看越国新建的都城，众人看过都哈哈大笑，乐不可支。后来，这成了夫差的一个保留项目，每逢重大活动，或者是不开心的时候，他都要登上穹窿山向吴越城方向眺望。一次，夫差又带着外国使臣和西施登穹窿山，突然下雪，夫差把一件轻裘亲手披在西施肩上。看着眼前越人筑城这滑稽的一幕，西施强忍住想笑，心想，所有这些人包括勾践和范蠡，都是疯子。现在，吴中成为苏州市（也就是当年的姑苏）的一个区，仍然保留着一处吴越城的遗址，仍然接受苏州的行政管辖。

迷惑只是越国对付吴国的手段之一，为了消耗吴国国力，文种给勾践想出七术，其中一项便是为了让吴国大兴土木（主要是建造姑苏台），越国送给吴国很多上好的木头。种山又名卧龙山，山上长着很多高大的树木，越人派三千木工进山伐木，一年不归。所伐得的多是百年以上的梓木和楠木。楠木木材细腻，纹理美观，而且耐湿耐朽，防腐防虫，是建造宫殿和陵墓的理想木材。梓木也叫楸木，属落叶乔木，不变形，树高可达三十多米，有的树居然有上百米高。据史料记载，大概有两百多棵百米高的大树被砍伐。担心吴国人手不够，越国还派了大量的能工巧匠，协助吴国建造宫殿，让吴国把精力全部花在建设上。

从越国送来的木头堆在一个叫木渎的地方，几年都用不完，很多木头都被虫子蛀了。而被选作用于建造大殿柱子那几根木头，全部镶嵌了玉石和宝石。

再有就是花钱把吴国的粮食全部买来，如果吴人想吃粮食，就帮他们把粮食全都做熟了。生米做成熟饭，面粉做成包子和面条。余下的粮食全都酿成酒，估计古越龙山的酿造技术，就是那时候发展起来的。

古代饮酒是件很奢侈的事，因为酿酒十分浪费粮食，往往十斤粮食才能酿一斤酒。后来听说吴国还留有粮食，就以越国受灾为名，请求吴国提供粮食援助。

后来，吴国果然因为天灾出现连年歉收，之前还夸越人想得周到，会伺候人等。想不到越国人做熟的是他们宝贵的种子。当时伍子胥就觉得其中有诈，反对吴国给越国提供粮食援助，吴王却说："勾践国忧，而寡人给之以粟。恩往义来，其德昭昭，亦何忧乎？"对吴王夫差来说，吴国的粮食似乎已经多得成为负担，巴不得早些贷出去心里才踏实。

再有就是美人计，也就是现在正在讲述的这个故事，它对吴国的打击最为致命。所以越国只用了三术就把吴国灭了，另外其他几术都没用上，也就不在此一一赘述了。

对于术，范蠡是这样解释的：夫人事与天地相参，然后乃可成功。这本来是句模棱两可的话，却被后人读出天道所在，认为它说明了人与自然的关系，具有早期唯物主义因素。也许觉得是题中应有之义，那些狡诈的成分完全被忽略了。

14. 姑胥台

西施和郑旦来到吴国，果然十分受宠。本来夫差有几个爱妃，也被他很粗暴地给打发了，不在话下。《拾遗记》里说："越又有美女二人，一名夷光，一名修月（即西施、郑旦之别名），以贡于吴。吴处以椒华之房，贯细珠为帘幌，朝下以蔽景，夕卷以待月。二人当轩并坐，理镜靓妆于珠幌之内。窃窥者莫不动心惊魄，谓之神人。吴王妖惑忘政。"这里说的椒华之房，说的就是于砚石山建馆娃宫。《姑苏志》卷八云："馆娃宫在吴地。灵岩山在太平山之南，一名石鼓山，又有石马，望如人骑。馆娃宫在焉。西施洞、响屉廊、香水溪、吴王井，皆其迹也。"

夫差在苏州灵岩山上建造的姑苏台（也叫姑胥台，听着像是走亲戚），前后花了八年的时间，所谓三年积聚，五年建成。它宽八十四丈，高三百丈，有九曲路拾阶而上，阴天的时候很像蓬莱仙境。后来被越人付之一炬，包括那条著名的响屐廊。

关于姑胥台的记载很多，《越绝书》云：阖闾造九曲路以游姑胥台，栅楣之意未详。此楣所谓神木一双，大二十围，长五十寻者。吴王将起此台，子胥谏曰："王既变禹之功，而高高下下，以罢民于姑苏，吴民离矣。"弗听，又云：夫差伐齐，越范蠡、洩庸帅师屯海江道，以绝吴路，败太子友，遂入吴国，烧姑胥台。

《述异记》云：吴王夫差筑姑苏之台，三年乃成，周旋诘屈，横亘五里，崇饰土木，殚耗人力，官妓千人。台上别立春宵宫，为长夜之饮。造千石酒钟，又作天池。池中造青龙舟，舟中盛置妓乐，日与西施为嬉。又于宫中作海灵馆、馆娃阁，铜沟玉槛。宫之楹檽，皆珠玉饰之。

明代黄省曾《吴风录》也说：自吴王阖闾造九曲路以游姑胥之台，台上立春宵宫，为长夜之饮，作天池，泛青龙舟，舟中盛致妓乐，日与西施为嬉。

一日，夫差带着西施去穹窿山登高。

夫差先带西施去了山下的一间小茅棚，说孙武子当年的《孙子兵法》就是在这里写的。知己知彼，百战不殆，现在谁都会背。夫差向西施回忆，当时父王正在欲图霸业，伍子胥向父王推荐孙武子，后来吴国以三万之兵打败了楚国二十万大军，使吴国跻身于春秋五霸。孙武最出名的，是他的庙算。《孙子兵法·始计篇》曰：夫未战而庙算胜者，得算多也；未战而庙算不胜者，得算少也。有人点破，所谓庙算，不是去庙里抽签，也不是什么运筹帷幄，而是推算太乙神数。这东西一时半会儿很难说清楚，懂的人懂，不懂的人彻底不懂。夫差说他的理解就是把人算和天算加在一块儿，焉有不胜之理。

夫差看西施对孙武不感兴趣，于是便换了个话题。

然后，西施穿着木屐随夫差登上了箬帽峰，西施一路娇喘，用双手捂住胸口。她的这个毛病之前没发现，是到了吴国之后才有的。夫差看在眼里，自然对西施又多了一份爱怜。

吴王向西施介绍：吴城之水，其自西来者，滢然清澈；向东北流，与海潮相吞吐，则色赤而性浊；城西南之水，近接太湖，溯源苕霅，得浙水之余润耳。水之气，冬暖夏寒。洞庭山在太湖之中，冬秋水气上蒸，则霜雪不能杀物，而橘柚诸果尤宜。

看到波光粼粼的太湖，转眼间离开越国已经将近八年了，西施不禁想到她和范蠡在湖面泛舟的情景，心情像眼前的湖水那样不平静。

少伯说得对，箬帽峰果然不高。西施心想。少伯是范蠡的字。

此时的西施已经适应了在吴国的生活，很多东西不同于之前的想象。夫差这个人还算正常，只是脾气暴躁了些，但哪个国君脾气不暴躁呢？之前，夫差带西施去了勾践夫妇住过的石室，以及养马的马厩。这条件也太差了，西施心想，难怪越王回去后要卧薪尝胆。此时的西施也略微明白范蠡为什么百里迢迢，四处去找美女了。

此时，夫差正沉浸在父王的业绩中，完全没觉察到西施心里在想什么。他命人取来笔墨和绢帛，他想现场赋诗一首。可没想到绢帛刚铺好，就被一阵风吹走了。奇怪的是，那天天气很好，之前一点儿都没有起风的迹象。

15. 韶乐

前面说到，跟西施一同送到吴国的，还有同村的美女郑旦。俩人平时就形同姐妹，但跟郑旦在一起，西施却有些自卑。郑旦平时对西施照顾有加，西施嫌自己脚大，郑旦就给她做盖过脚面的长裙；西施嫌自己脸小，郑旦就让她拿湖面当镜子。一次，西施在湖边照镜子时，发现湖里的金鱼看到她后纷纷沉入水底，沉鱼一说就是这么来的。郑旦跟西施去吴国，虽然名曰照顾西施，实际上是给西施当绿叶去的，当然，她的长相也不会太差，如果仅仅为了给西施当绿叶，干脆直接让东施去好了。

到了吴国，在一次宴会上，夫差伴着韶乐跟西施跳舞，郑旦只能在一旁伴唱。还有一次表演有凤来仪，郑旦的角色只是一只普通的鸟，头上插着几根羽毛，在众人面蹦来蹦去（其实还有几个宫女运气更差，夫差让她们扮演绕梁，围着柱子一转就是三天，仅仅是为了表示音乐的美妙）。西施则是扮演凤凰，在飞禽走兽簇拥下无比光鲜。飞禽的舞蹈动作不得而知，百兽跳的是甩袖舞。

不希望被冷落的郑旦在伴唱时故意提起音高，以便吸引夫差的注意。但文艺并不是郑旦的强项，除了容貌出众外，郑旦还性格刚烈，会一些武术，只是身在深宫，一时英雄无用武之地。

所谓韶乐。还要说早年间吴国公子季札去齐国，齐国国君在宴饮上命六百人演奏。据说齐国乐手的待遇很高，所以南郭先生不惜滥竽充数。季札头一次听到这么好听的音乐，当场就惊呆了。对于吴国公子的大惊小怪，齐王并没太在意，他只是告诉季札说，当年给孔子演奏的内容，跟今天的一模一样，孔子听了不禁用尽善尽美形容。至于三月不知肉味，是他后来在别的场合说的。其实季札对韶乐并不陌生，毕竟吴人是禹舜的族裔，而这首曲子，正是禹舜祭祀尧的，名副其实的三代遗声。出于礼貌，季札说了句德至矣哉。齐王听了，十分高兴。在齐王心中，韶乐岂止是德，更象征着齐国的国力。

季札回吴国之前，齐王特意送给他一套小一号的编钟，让他转交给吴王，专门用于演奏韶乐以及雅乐。但因为找不到合适的乐手，吴王便禁止在宫中演奏这首曲子，那套珍贵的编钟，也只是象征性地挂在大殿。只有在西施来到吴国后，这套编钟才重新发出悦耳的声音。最令人难忘的是，就在演奏即将达到高潮时，吴王用他激越的吴音朗诵：

玉树临风，

大海掀波。

在场的人无不动容。

说到编钟，最出名的恐怕就是曾侯乙编钟了。它们于一九七八年在随州出土，一共六十五件，其中一件叫镈，样子像一口钟。上头的金文表明，是楚惠王送给曾侯的礼物，其他那六十四件是怎么来的就不知道了。

这个曾侯虽然只是随州的一个诸侯，但却身世显赫，是周天子的亲戚。而勾践正是楚惠王的外公。所以，曾侯有这样一套编钟也就不足为奇了。这套能发出十二个半音的编钟从不轻易演奏，据说从出土到现在，一共演奏三次。第一次是在刚出土后不久的一九七八年八月一日，演奏的乐曲是《东方红》；第二次是在一九八四年十月一日，为庆祝建国三十五周年，这套编钟被搬到了中南海，演奏的乐曲是《春江花月夜》和《欢乐颂》；最后一次是在一九九七年七月一日庆祝香港回归的音乐晚会上，具体乐曲记不住了。不知道下一次它将会出现在什么样的表演场合，演奏哪些稀奇古怪的乐曲呢？

16. 吴呆

吴人喜欢发呆，就连他们自己都叫自己吴呆，人谓之苏州呆。至于吴人呆到何种程度，举个例子，客人去餐馆吃饭，餐馆伙计经常等客人吃完饭走远了，才想起来还没结账。在吴国不但人爱发呆，就连鸟啊鱼啊也都喜欢发呆，一抓就能抓到。

因为典型的人傻钱多，外来人口很快找到了营生。

每岁除夕，群儿绕街呼叫云："卖痴呆，千贯卖汝痴，万贯卖汝呆。见卖尽多送，要赊随我来。"盖以吴人多呆，儿辈戏谑之耳。吴推官常谓人曰："某居官久，深知吴风，吴人尚奢争胜，所事不切，广置田宅，计较微利，殊不知异时反贻子孙不肖之害，故人以呆目之，谓之苏州呆，不亦宜乎？"

吴王夫差自己就是个呆子，除了娱乐就是整天发呆。越国人愚弄他，筑了个城门洞开的城。那么明显的用意，他居然觉察不到，居然相信越人所说的越国修筑城墙是为了防止匪寇与其他诸侯国的侵扰。这么明显的谎话，夫差居然就相信了。照理说越国作为战败国，是不允许有自己的城墙的。当年越国跟吴军打仗时在阵前表演自杀，当然还有军乐伴奏，吴王连同其他人一时间全都看傻了，站在原地任人宰杀。夫差无论如何都不肯相信，那些自杀的越人实际上不是军人，而是从牢里放出来的死囚。要不是伍子胥及时把他推到一旁，后来的情况很难设想。

得到西施后，夫差曾想宣布大赦天下，把很多危害国家社稷的人都放了。伍子胥得知这个消息后赶忙阻止说，这个千万使不得。把勾践他们放走之后，夫差的病又有几次复发。夫差听从御医的建议，从山中找来一只山羊驱邪，但都不太管用。想再把勾践请来尝溲，又觉得不太好意思，毕竟上次是人家主动提出的。

但你要是真的认为吴人呆傻就错了。《吴郡志》载：吴人射鸟，养一驯鹤使行前而以草木叶为盾以自翳，挟弩矢以伺之。群鸟见鹤，以为同类无猜，遂为矢所中。时人管这种鹤叫鹤媒。

除了发呆外，夫差还净整些没用的。比如夫差有个私家动物园，夫差喜欢隔三差五去动物园投喂动物。动物园里有很多稀有动物，其中有一条天上掉下来的龙。罗列一大串珍禽异兽，其中包括楚人送的九头鸟。听说还有天上降下两条龙，一条落在姑苏，正在王宫里养着。另外，还有几只《山海经》里的动物，比如，一只在柜山捕到的一种名字叫狸力的野兽，形状像小猪，长着一对鸡足，声音像狗叫。这兽出现在哪个郡县，哪里一定有繁重的治水工程。还有在尧光山捕获的一只猾裹，形状像人，脖子上长着像猪一样刚硬的鬃毛，它住在山洞里，冬季蛰伏不出，叫的声音像是伐木头。因此，它所出现的郡县一定会有繁重的徭役。还有水中生长的一种鱼，叫作鳛，它的形体与鲫鱼相似，却长着猪毛，它的叫声也像猪，它一出现，天下就会大旱。这些苦难，吴国恰好都有。所以，伍子胥认为这些野兽不吉利，劝吴王夫差不要养，但夫差认为它们只是一般的宠物，而且来吴国的目的仅仅是为了做客。如果把它们放生，只会让这些怪兽祸害别的地方。

但夫差最大的兴趣，是投喂囚徒。离姑胥城不远有个地方叫囚山，与两干相近，曰绍山，曰瞳浮，曰东狱、西狱，世传吴王于此置男女二狱也。其前为粥山，云吴王饲囚者也。瞳：禽兽践踏的地方（见《新华字典》，可以想象有多么可怕）。关在这里的，多是来自越国的囚犯。一次夫差饲囚，被囚犯啐了一脸吐沫。夫差大怒，当场就把那人剁成了肉糜。

17. 或人

这么呆的国民，当然需要教化，于是孔子带着子贡来到吴国。

《群书治要》云：吴王夫差闻孔子与子贡游于吴，出，求观其形，变服而行，为或人所戏而伤其指。夫差还，发兵索于国中，欲诛或人。子胥谏曰："臣闻昔上帝之少子，下游青泠之渊，化为鲤鱼，随流而戏渔者，豫沮射而中之，上诉天帝。天帝曰：汝方游之时，何衣而行？少子曰：我为鲤鱼。上帝曰：汝乃白龙也，而变为鱼。渔者射汝，是其宜也，又何怨焉？今夫大王弃万乘之服而从匹夫之礼，而为或人所刑，亦其宜也。"于是吴王默然不语。

这一天是惊蛰，吴王望着花园里的桃树，嘴里默念着：出候，桃始发；次候，仓庚鸣；末候，鹰化为鸠。吴王心想，既然院子里的桃花开了，地里的油菜花也该开了吧。

其实，之前吴王过见孔子，为了表示对孔子的尊重，夫差以奉匜沃盥的礼仪招待他。匜和盘都是水器，同时也是礼器，用在祭祀和宴飨场合。用法是盘由个子矮小的小奴隶用头顶着，老奴隶负责用匜给客人倒水，让客人洗手。客人洗完手，旁边还有一个拿毛巾的奴隶，递给客人毛巾前，要用力抖三下。

子贡记得，那次给孔子倒水的时候，孔子突然把手移开，水直接倒到地上。孔子后来也不解释，只是哈哈哈大笑。那天的菜肴很丰富，夫差事先打听孔子爱吃什么，有人说他爱吃腊肉，三千弟子，腊肉顶替学费晚年肉糜。另外还有乳猪，夫差听说，孔子当年与阳虎交恶，因为阳虎没分乳猪给他老人家吃。但不管是腊肉还是乳猪，孔子几乎没碰，只是就着生姜和咸鱼喝了一小碗粥。

夫差不解，他知道这些年孔子不容易，曾经被困在陈国与蔡国之间，接连七天不能烧火做饭，用野菜做的汤里面连一个米粒也没有。还有两次被从鲁国驱逐出来，隐退到了卫国，后来到宋国讲学，又被人砍倒了大树，差一点丢了性命。被困陈国时，还有这样一则传闻：孔子厄于陈，弦歌于馆中（所谓饱吹饿唱），后来把一条九尺长的鳀鱼精给吃了。之后，孔子总结说，夫六畜之物，及龟、蛇、鱼、鳖、草、木之属，久者神皆凭依，能为妖怪，故谓之"五酉"。五酉者，五行之方，皆有其物。酉者，老也。

想到这儿，夫差问孔子是不是胃纳不佳。

孔子说，君子食无求饱，居无求安。

夫差听了十分尴尬，同时觉得孔子的表现有些失礼。

吴王：请问，什么是礼？

孔子：说话的声音要合乎声律，行为举止要合乎规矩。

吴王：听起来简单，做起来不容易。

孔子：关键要养成习惯。

夫差又问：请问先生，何为仁政？

孔子说：一定要经过三十年的治理，仁政才能见成效。好人治理国家一百年，也才可以清除暴乱，废除刑杀。所以慢慢来，不能急。

吴王说，不着急，可以等。

吴王请孔子用茶。

孔子以礼作答。

然后，宫廷画家给孔子和夫差画画。为了避免沉闷，旁边还有雅乐伴奏。

孔子坐着，夫差站着。两个人一脸严肃。

孔子：一国之君，怎么能站着呢？

夫差：您是圣人。

孔子：天下人都这样做，礼就破坏了。

于是，夫差便不情愿地坐下了。

等帛画画好了之后，夫差拿过来一看，顿时大怒。画面上孔子是上半身，因为跟孔子比起来夫差太矮，画面上只有夫差一个发髻。

夫差把宫廷画家杀了，孔子听说这件事后，很不愉快。

春秋时期的绘画已经达到相当的水平，但宫廷里没有专业画家，只有所谓的画匠。除了画画外，还负责为器物、丝帛、建筑等绘制图样。画中所绘内容，无非是天地、山川、神灵、圣贤、怪物等历史神话故事，此外还有战争、田猎、采桑、宴乐、出行等生活场景。一般君王会处在画面的中心位置，身材比例也会比其他人物要大出很多。这次宫廷画匠胆敢把吴王处理得如此渺小，要么就是过于忠实生活，要么就是一时间脑子进水了。

孔子的身高给他带来了不少麻烦，古书说孔子身高九尺。那么古代的一尺有多少厘米呢，根据东周一把传世的铜尺，一尺为二十三厘米。另外还出土过一把战国的彩绘铜尺，也是二十三厘米。这两个年代跟孔子的时代应该是最为接近的。把当时的九尺换算成厘米，应该为二百零五厘米，相当于现在的两米多一点儿。

前些年在国博北门广场立了一尊孔子雕像，正对着长安街。我觉得至少有五米高，远远超过了孔子的实际身高，算得上孔子雕像之最了。后来不知为什么，这尊雕像搬到国博院子里了。而且本来是坐南面北，搬到院子里改成坐北朝南了。

不过这样也好，难得让孔子清静。

孔子戴什么帽子，也是一个有趣的话题，很多画像上的孔子都顶着头巾，其实，大多数时间束个发髻或者披头散发（见《孔子家语》），但孔庙里的孔子就不一样了，他是被当成圣人供着，峨冠博带，所谓峨冠就是冠冕，前面有十二旒，每旒贯玉十二颗，看着有点儿像门帘，只有帝王才能戴这种帽子。

18. 梅雨

元代的高德基在《平江记事》一文中，讲了一些吴地的掌故：

吴俗以芒种节气后遇壬为入梅，梅凡十五日，夏至中气后遇庚为出梅。入时三时亦十五日，前五日为上时，中五日为中时，后五日为末时。入梅有雨为梅雨，暑气郁蒸而雨沾衣，多腐烂，故三月雨为迎梅，五月为送梅。夏至前半月为梅，后半月为时，雨遇雷电谓之断梅。入梅须防蒸湿，入时宜合酱造醋之事。梅雨之际必有大风连昼夜，逾旬而止，谓舶棹风，以此自海外来舶棹，船上祷而得之者，岁以为常，乡氓不知，讹以为白草风云。

吴人制鲈鱼鲊、鳀子腊，风味甚美，所称金齑玉脍，非虚语也。宋大业中以此充贡，延祐以来守臣修故事，备为方物，因之，岁不敢缺。鲈鱼肉甚白，杂以香柔花叶，紫花绿叶白鱼相间，以回回豆子、一息泥香腻拌之，实珍品也。鳀子鱼选肥美者去头尾，润以酥油，风干为腊，亦加香料相间，他鱼无可为敌。回回豆子，细如榛子，回味香美；一息泥，如地椒；回回，香料也。

说到水果。果之珍者，白柰、橙橘之属，绝佳，尤重白杨梅（越国贡的）。宴客作羹，重莼脏莼菜，深秋莼烂曰莼酥，味尤甘。而莼菜结子，鲜红若樱桃，味甘极寒。在烟波浩渺之区，仅饱鸥鹭之腹而已。

吴人善酒。常熟士人饮酒立令，至为严酷，杯中余沥有一滴，则罚一杯，若至四滴五滴，亦罚如其数。人惟酒录事是听，不敢辞也。又其为例颇多，如不说后语，及落台说话不检举，饮不如法，皆有罚；罚而辩者为搅令，亦有罚；必满饮，饮复犯令，则复罚；虽十罚，必罚十杯，无一恕者，其为深刻惨酷殆杯勺中商君矣。不知此法起于何人，亦不仁之甚矣。然亦其本邑自行之，他邑不用也。

除了发呆，吴人有赏花的习俗。元代陆友仁《吴中旧事》记载：吴俗好花，与洛中不异，其土地亦宜花，古称长洲茂苑，以苑目之，盖有由矣。吴中花木不可殚述，而独牡丹、芍药为好尚之最，而牡丹尤贵重焉。旧寓居诸王皆种花，往往零替，花亦如之。

有花就有妖，花和妖无法分开，很多花都会成精。

元代高德基《平江记事》记载：花木之妖，世固有之，未有如平江牡丹之甚异者。致和戊辰八月，铁瓶巷刘太医家牡丹数株各色盛开，开凡三度。初开者如茶盂子大，中间绿蕊，有如神佛之状，数日乃谢。第二度开者如五升竹笋，花蕊成人马形，奈有半月之久。第三度开者只如酒盏大，其蕊细长若幡幢旗帜状，而罗衫紫与粉红楼子甚多，三日而萎。观者日数百人，栏栅尽皆摧毁，不可止遏。童谣云："牡丹红，禾苗空；牡丹紫，禾苗死。"明年，明宗登基，而庙讳乃和字也，其应不爽如此。

清代张霞房《红兰逸乘》中讲的故事更邪乎：冯汉，

字天章，为吴学士，居阊门石牌巷口，小斋花木潇洒可爱。夏月浴罢坐榻上，忽睹女子绿衣翠裳，映窗而立。汉叱之。敛裳而拜："儿焦氏也。"言毕，忽入户。熟视之，肌体细腻，绝色也。汉疑其非人，挽衣想狎之。截衣而去，仅得一裙角。明日视之，乃蕉叶耳。先是，汉读书邻庵，移蕉一本于庭。其叶裂处，以所藏裙角合之，不差尺寸，遂伐之。僧曰："蕉常为怪，惑死数僧矣。"

吴人喜欢燃放烟花，还喜欢凑热闹，他们的里社相当于现在的庙会。明人王稚登在《吴社编》里有比较详细的介绍：里社之设，所以祈年谷、祓灾禳、洽党闾、乐太平而已。吴风淫靡，喜讹尚怪，轻人道而重鬼神，舍医药而崇巫觋，毁宗庙而建淫祠，黜祖祸而尊野厉。每春夏之交，妄言降神，于是游手逐末、亡赖不逞之徒张皇其事，乱市井之听，惑稚狂之见，朱门缨笏之士，白首耄耋之老，莽铻襄笠之夫，建牙黑虎之客，红颜窈窕之媛，无不惊心夺志，移声动色，金钱玉帛川委云输，百戏罗列，威仪杂遝，启僭窃之心，滋奸慝之行，长争斗之风，决奢淫之渐，溃三尺之防，废四民之业，嗟乎，是社之流生祸也。

除"社"之外，还有所谓的"会"，凡神听栖舍，具威仪箫鼓杂戏迎之曰会。优伶伎乐粉墨绮缟，角抵鱼龙之属缤纷陆离，靡不毕陈，香风花霭迤逦，日夕翱翔去来，云屯雾散，此则会之大略也。但不管是烟花，还是里社，应该是后来的事情了。特别是烟花，被公认为是汉代以后发明的，春秋时期的吴人，自然无缘观赏。

19.妆奁

虽然说不上孤独，西施有时还是觉得闲着无聊，于是便用照镜子打发时光。

对于美女而言，镜子尤其是少不了的日常用品。西施最喜欢其中的一面叫镜清，它是一面经过精心打磨的凹面的青铜镜，能把人的五官照得比较聚拢，而那个时期大多数的青铜镜都是凸面的。有了铜镜，还要有妆奁即镜匣，早期的铜镜没有柄，也没有支架，都是装在妆奁里（春秋时期就连油灯都没底座，必须有专门的奴隶或者仆人，抱着油灯在墙角站着。这就是落地灯的前身）。除铜镜外，妆奁里还有木梳、木篦、脂粉盒等化妆品。一般男用的，还会有刮刀。古代男人跟女人一样，讲究仪容仪表。

有了这套家伙式儿，西施不但可以清清楚楚地看到自己的美貌，还终于可以晓起花红映面旁，画眉对镜理云妆，再也不用在水旁边欣赏自己了。

古人最开始不知道自己长什么样，只是在洗脸时或者站在水边时偶尔窥见自己的容貌。因此，最早的镜子不是铜镜，而是一种叫鉴的东西，其实就是一个脸盆里头盛一些水。估计古人头一回看到水里的影子时肯定吓一大跳，咦，怎么水里还有一个人。经过无数次试验才定下神，确认那个水里的影子正是自己，而且自己的长相跟想象中的或者别人描述的不太一样，有些人因此导致神经脆弱。也正因为这种神秘特征，镜子一开始是用于巫术活动的。在挖掘出的西周墓葬中，就发现有几例墓主人手里攥着铜镜，而不是像汉墓中的墓主人那样，手里握着玉猪握。

有趣的是，西汉末年至东汉早期的伍子胥铜镜上，已经出现了持剑自杀的伍子胥、卧薪尝胆的越王勾践、范蠡以及越二女的画像，并在画像旁用文字标明人物的身份。伍子胥铜镜存世量很少，据说故宫博物院一枚，浙江博物馆一枚，上海博物馆两枚。战汉以后，铜镜主要铸造地点是在北方的洛阳以及南方的会稽郡，因此铜镜上出现这样的内容并不奇怪。只是主要人物是伍子胥，而不是西施，可见当年的正能量还是放在忠臣上。无论如何，这几枚铜镜说明，吴越争霸的题材在一千年以后的汉代，已经广为人知并且应用在生活器物上了。

夫差知道西施喜欢照镜子，他决定给西施一个意外惊喜。一天，夫差携西施去灵岩游玩，行至一处建筑，夫差便决定进去小歇。走进去后，西施发现建筑中央竟是一个圆形的水池，池水清可鉴人，像是经过了精心打磨，周边还开着荷花。站在池旁，西施不仅看到池面上变幻莫测的上下天光，而且又一次看到了自己的美貌。多久没在水边照镜子了。她不禁想起了家乡的苎溪，想起她在溪水旁窥视自己的情景，一时间竟有些感动。她知道这个山顶上的水池是夫差特意为她修建的，一面多么特别的镜子。

清代王恪《游灵岩记》记载："西偏北上有石坡，广数丈，泉积为池，上架空为楼，额曰'镜清'。"更令人称奇的是这山上的水原来是可以定期循环的，附近的居民发现，每到月圆的时候，镜清中的泉水便会顺崖而下，变成一道颇为壮观的天河，溢出的泉水随后即被补充。

20. 伍子胥

春秋时期，人人都想着复仇。

当年伍子胥逃离楚国投奔吴国，也是为了复仇。当时后边有追兵，前面横着一条大河。危难之际，从芦苇丛中划过一条小船，把伍子胥载到河对岸。为了表示感激，伍子胥解下身上的宝剑送给渔夫，想不到渔夫拒绝接受，理由是从来没有人佩着宝剑打鱼。其实，渔夫之前就看过告示，上面写着活捉伍子胥赏金两千，外加一个二品的官吏，一把宝剑又算什么。

刚到吴国时伍子胥十分落魄，每天在街头拉琴卖艺。一天，夫差的父亲阖闾正好驱车经过，觉得这琴声相当不俗，于是便下了车，一打听原来是楚国落难的伍公子。公子落难必须得帮啊，更不用说当时身边正缺善于出谋划策的人才。伍子胥也不客气，收拾好地摊儿就跟阖闾走了。

《吴郡志》方技篇中是这样记载的：吴公子光欲谋杀王僚，未有可与议者，乃命善相者为吴市吏。伍子胥至吴，被发佯狂，跣足涂面，行乞于市，市人罔有识者。市吏见之，曰，吾相人多矣，未尝见斯人也，非异国之亡臣乎，遂与俱见王僚。

为了聊天方便，阖闾让伍子胥跟他住在一起。但有一个自称阖闾门人的老头，对伍子胥很不尊重，处处刁难他，伍子胥有几次夜间在外面应酬回去晚了，门人都假装睡觉不给他开门。多亏伍子胥还算年轻，而且会些功夫，只好翻墙而过。后来伍子胥才搞清楚，这个所谓的门人不过是个看门人（即门下走狗）。古时候的看门人大多是戴罪之身，很多还受过刖刑，因为行动不方便，每天的活动范围不过是那么几米。但跟所有的看门人一样，伍子胥发现此人交友甚广，社会上很多想结交阖闾的人都巴结他。伍子胥便找了个借口把门人杀了。从此之后，没人敢小瞧伍子胥了。

在伍子胥和孙武的帮助下，阖闾迅速确立了吴国的霸主地位，伍子胥也报了自己的仇。至于鞭尸楚平王，学者张君认为，只要对诸史细加考辨即可发现，这件事原系子虚乌有。论据是：

一、按《春秋》笔法与义例，凡有乱臣贼子以下凌上之事发生，莫不口诛而笔伐。鞭尸三百下显然做过了头。

二、《左传》记楚事尤为详备，宋代郑樵甚至因此断言："左氏之书序楚事最详，则左氏为楚人。"但《左传》定公四年记吴兵入郢后的文字只寥寥数笔："庚辰，吴入郢，以班处宫。子山处令尹之宫，夫概王欲攻之，惧而去之，夫概王入之。"如真有此事发生，那么按《左传》惯例，通常也会在传文后照应或补著一笔的。

三、不论是《国语》之《楚语》《吴语》，还是先秦诸子，均没有一字一句提及掘墓鞭尸。《国语》作为国别史，较多地保持了列国史书记载的原貌和素材，没有给予过多的加工、熔铸。

给人的感觉是吴越争霸到了后期，实际上是伍子胥和范蠡过招。伍子胥一开始就不同意放勾践回国。后来越国所用的那些猫腻，也都被伍子胥一一识破。伍子胥认为西施是祸水。夫差却觉得没什么可大惊小怪的，进献美女的传统很早就有了。

东周年间汉中以北有个褒国，它的国君叫褒珦，亦是周幽王的大夫，因耿直直谏，得罪了周幽王，被囚禁牢狱。眼看褒国就要变成贬国，其子洪德精心挑选了一个美若天仙的女子送给了周幽王，以赎其父之罪，得复官爵。褒姒入宫后，以其年轻貌美，很快获得了幽王的宠幸。但褒姒入宫后，从来就没笑过，幽王很贱，又特想看她笑，由此才上演了烽火戏诸侯这出滑稽戏码。

这个例子举的未必恰当，但可以证明，送美女这个传统至少从周朝就开始了，到了春秋，更成了一种通行的做法。比如，晋献公打败骊戎后，骊戎的首领为了表达向晋国臣服的诚意，将美女骊姬献给了晋献公。骊姬好像还行，没听说她怎么祸害晋国。或者也祸害了，只是后果不如褒姒那么严重。

伍子胥将西施看成眼中钉肉中刺。根据老邹的歌剧，在一次宴会上，伍子胥想用剑刺死西施。他唱道："亡国的美酒，蛇蝎般的女人。都是越国复仇的毒箭，箭箭射在你吴王的躯体上。"危急时刻，郑旦冲上前去保护西施，被伍子胥一剑刺死，伍子胥也因此丢了性命。之前，他跟夫差的关系变的越来越糟。

史料记载：吴王夫差坐殿上，独见四人，向庭相背而倚，王怪问群臣，吾见四人，相背而倚，闻人言则四分走矣。伍子胥曰，如王言，将失众矣。吴王怒曰，言不祥。子胥曰，非唯不祥，王亦亡矣。后五日，王复坐殿上，望见两人相对，北向人杀南向人，王问群臣见乎。曰无后见。子胥曰，四人走，叛也。北向杀南向，臣杀君也。王不应。

但让伍子胥丧命的真正原因，是因为有一次他上谏吴王时，话说得太重了，让吴王在众人面前丢了面子。具体说的是什么内容，现在已无法得知。据史书记载：子胥谏吴王，王怒。子胥归，举衣出宫。宫中群臣皆惊曰："天无霖雨，宫中无泥露，相君举衣行高，何为？"子胥曰："吾以越谏王，王心迷，不听吾见。宫中生草棘，雾露沾我衣。"群臣闻之，莫不悲伤。

吴王让伍子胥自尽，临死之前，伍子胥对他的门客说：一定要在我的坟上种上梓树，使它可以制作棺材；挖下我的眼珠悬挂在吴国的东门上，用来看越国入侵、消灭吴国。然后就自杀了。夫差对此有些恼羞成怒，命人把伍子胥的尸体装进一个皮囊，投入江中。据说在把伍子胥装入皮囊，正要缝上时，伍子胥的眼睛突然睁开了，吓得众人躲得远远的。伍子胥死后，吴国百姓可怜他，为伍子胥在江边给他建了一座祠堂。

他的眼珠为什么要悬挂在东门，姑苏城有那么多城门呢。夫差心想。难道越人真的会从东边打过来吗？（从地理位置看，越人只能从东门打过来，否则便绕远了。）

明代岳岱《阳山志》记载：夫差既杀子胥，游于姑苏台，昼寝而梦。召公孙圣问焉，圣直言之，遂怒，杀圣，圣仰天言曰："天知吾之冤乎？忠而获罪，身死无辜，葬我深山，后世相属为声响。"于是夫差投之蒸丘。及越入吴，夫差昼驰夜走于秦余杭山，采生稻而食，伏地而饮，曰："是公孙圣所言不得火食，走偟偟耶？"因三呼公孙圣，圣从空中三应之。须臾，越兵至，擒夫差于干隧。干隧者，出万安山西南一里也。于是，越王数夫差大过者六，谓范蠡杀之者三。越王与之剑，夫差旬日自杀。越人累土葬之卑犹。曰蒸丘、曰秦余杭，皆阳山别名，或曰亦名卑犹万安山。吴太宰嚭冢，在卑犹山。嚭，楚伯州犁之孙，楚诛伯州犁而奔吴，吴以为大夫，谗于夫差，杀子胥。及越灭吴，嚭诛，亦葬此山。

21. 伯嚭

伯嚭，跟他的名字一样，此人的行事方式比较怪异，充满了喜感，老邹的戏里对这个角色着墨不多，可能是怕他太抢戏了。伍子胥把他介绍给夫差，等于是收留了他，因为两人都是楚国人（虽然伯嚭最初来自晋国），都受不了楚平王对他们的迫害。但令人奇怪的是，伯嚭事事处处跟伍子胥作对，不停地在夫差耳边说伍子胥的坏话，说他来吴国的真正原因不过是为了报楚国的仇，还说伍子胥跟齐国私下交好，并且把儿子送到齐国等，最终让伍子胥丢掉了性命。

《吴郡志》卷二十载：楚白喜既入吴，伍子胥言于王，以为大夫。被离问子胥曰，何见而信喜。子胥曰，喜，伯州犁之孙，吾之怨与喜同。子不闻河上歌乎，同病相怜，同忧相救，不爱其所近，悲其所思者乎。被离曰，吾观喜之为人，鹰视虎步，专功擅杀，性不可亲也。子胥曰，不然，竟与共事。喜即伯嚭也。

除了翻脸不认人，伯嚭好大喜功，贪财好色，而且有龙阳之癖，喜欢上了范蠡。其实这也没什么大不了的，据说龙阳之癖是那个年代的贵族风尚，谁没有几个好基友。屈原不就喜欢楚怀王吗，楚怀王一死，屈原便投了江。但是范蠡对伯嚭没感觉，因此拒绝出柜，但他的用词十分委婉，大意是时不至不可强生，事不究不可强成。伯嚭当然听出了其中的意思，他羞辱难当拔剑自杀，虽然后来抢救过来了，脖子上却永久落下了一道剑痕。但伯嚭仍然不死心，有时为了吸引范蠡，他故意打扮得女里女气。一天，他送给范蠡一件玉璜，说根据他的考据，玉璜跟鱼没多大关系，而是由彩虹演变来的，姜太公钓玉璜的故事完全是无稽之谈。

伯嚭的话还是有依据的。相传，孔子修《春秋》，制

《孝经》，既成，斋戒，向北辰而拜，告备于天。天乃洪郁起白雾，摩地，赤红自上而下，化为黄玉，长三尺，上刻有文。

勾践非常看不惯伯嚭的所作所为，春秋时期，男人追求阳刚之气，在仪容方面，都讲究蓄须之美。看到伯嚭模拟女人的装束，勾践不禁连连摇头，叹道：果然是礼崩乐坏。前头说孔子来吴国那次，如果不是伯嚭让夫差男扮女装上街去看孔子，夫差也不会莫名其妙地被人暴打一顿。可到头来伯嚭说夫差，其实这件事还是赖他自己，想混在人群中不被发现。实际情况是吴国都城的民众听说孔子来了，男女在街上自动分开，男左女右，以表示男女授受不亲。女人打扮的夫差不知站在哪一边，最后选择进到妇女队伍，结果被人发现揪了出来。而几分钟前还跟夫差在一起的伯嚭，此时已经逃得不知去向。

关于古人的同性恋，有人专门做过研究，认为那时候的人的基因跟现在人不一样，每人都有至少六七十种性倾向，别说爱上同性，就是爱上一棵树或者一只青蛙也有可能。

虽然被范蠡拒绝，伯嚭仍不善罢甘休，范蠡虽然不胜其扰，但还是利用了这层关系，用礼物买通了伯嚭，让他说服夫差，最终使勾践回到越国。事情不止仅此，夫差生病那次，勾践就是被伯嚭带到夫差的病榻边上的。伍子胥对此愤恨不已，所以一见西施，就气不打一处来，认定她是勾践派来的红颜祸水，必须除之以后快。但伯嚭对西施却十分谄媚，虽然不至于过分，但也对西施嘘寒问暖，连夫差都有些看不下去了。

其实勾践在吴国做人质期间，伯嚭就被文种重金收买。面对眼前的金银财宝，据说伯嚭还假装不屑，跟文种说现在整个越国都是我们的了，谁还稀罕这点儿东西，然后就把它们收下来了。所以，后来伯嚭说服夫差放勾践回越国，也就不出人意料了。

等到夫差被困，才想到伯嚭跟越国的交情，于是派太子请他出面跟勾践说情（如果不是战事吃紧，他会亲自去）。当奉命而来的太子来到伯嚭府上，这个伯嚭居然避而不见躲到后花园。太子没时间跟伯嚭捉迷藏，吃了一个桌子上的杨梅便匆匆离开。越人攻入吴国的都城时，伯嚭居然出现在欢迎队伍中，显然是为自己表功。勾践也清楚伯嚭前前后后所起到的关键作用，但勾践实在烦这个人，不想再见到他，于是就随便罗织个罪名把伯嚭杀了。

伯嚭的死实在太冤。

22. 苞茅

谈及春秋的文章，大多都会提到"国之大事，在祀与戎"。据统计，这一时期的军事行动共有四百八十三次，大战三百七十六次。有的国家之间的战争旷日持久，比如晋国和楚国打了八十多年的仗，生生把吴越两个小国给卷进去了。

清人顾栋高所撰的《春秋大事表》中这样描述晋、楚间的战争：春秋时，晋、楚之大战三，曰城濮，曰邲，曰鄢陵，其余偏师凡十余遇，非晋避楚则楚避晋，未尝连兵苦战如秦晋、吴楚之相报复无已也。其用兵尝以争陈、郑与国，未尝攻城入邑，如晋取少梁、秦取北徵，之必略其地之相当也。何则？晋、楚势处辽远，地非犬牙相辏，其兴师必联大众，乞师于诸侯，动必数月而后集事。故其战尝无数，站则动关天下之相背。真是够纠结的。

关于在祀与戎，我比较倾向这种说法，由于祭祀和战争很重要，所以要格外慎重（这其中不包含鼓励的意思），后来很多人把这句话的意思给理解反了。

很多战争的理由在今天看起来都十分不可思议。

檄文《史记·夏本纪第二》：有扈氏不服从帝命，启出兵讨伐，在甘展开大战。开战前夕，作《甘誓》，并召集六军将领进行申诫。帝仲康的时候，羲氏、和氏嗜酒坏事，扰乱了四时节令。胤奉命前去讨伐，作《胤征》。武王伐纣，也作了《太誓》（见《史记·周本纪第四》）。

阿城也认为，《尚书·牧誓》记载周武王到朝歌附近的牧野，早上集结军队，发表讨伐商纣王的誓师讲演，例数纣王的四项大罪，第一条竟是牝鸡司晨，即母鸡打鸣的意思，也就是女人干政，是不允许的，是周礼所禁止的。理由还算正当。

后来打仗，连檄文都懒得写了，一个可能是怕写檄文贻误了战机，二是确实没什么正当理由。很多战争都是因为一些鸡毛蒜皮的小事。

齐国因为楚国对周王室不贡"苞茅"，使周天子不能顺利举行祭祀，齐桓公便发兵讨伐楚国。所谓苞茅，就是束成捆的菁茅，产自湘，长在水边，远看有些像芦苇。古代祭祀时，将束成捆的菁茅置于（木甲）中，用来滤去酒中的渣滓。具体方法是将菁茅直立，将酒从上淋下。酒糟留在茅中，酒汁渗透流下，像神饮之，谓之"苞茅缩酒"。后来这种祭祀仪式演变成了民间舞蹈。

从大禹开始便有了贡赋制度，以均衡各诸侯国的物品，禹于是根据各地适宜出产的物品，以确定相应的物品，并考察了各地山川的便利路线。吴越同在淮水以南、大海以西的扬州地区，竹箭遍布，野草茂盛，树木高大，土质湿润。田地为下下等，贡赋为下上等，有时夹杂着中下等。贡品有三色金属、美玉、似玉的宝石、竹箭、象牙、兽皮、鸟羽、旄牛尾、岛夷人的草编衣服、由贝壳串成的贝锦，还有橘子和柚子。这些贡品都经过长江和大海，再进入淮水和泗水。贡品中需要说明的是，似玉的宝石应该是松石和琉璃。

苞茅这个理由还说得过去，至少听起来还算正当。有的理由就有些说不过去了。说是一次会盟，因为鄫国国君迟到，宋襄公当场给予了惩罚。又由于曹国没有尽地主之谊送羊给他，于这年的秋天，兴兵攻打曹国。

楚国和吴国两位女子，因为在边邑争采桑叶而发生了冲突，楚平王大怒，以至引起了两国间的战争。

如果说桑蚕跟农商有关，兹事体大，《春秋》里也记载了这么一件事，鲁定公四年（公元前五〇六年），春三月，鲁侯、晋侯、宋公、曹伯、陈子、许男等近二十个诸侯在召陵（今河南郾城）会盟，商议攻打楚国，为的是给蔡侯出气，原来蔡侯有件裘皮大衣，被楚国的令尹囊瓦（字子常）看上了，非得跟蔡侯要，但蔡侯死活不给。结果囊瓦把蔡侯抓了起来，直到蔡侯服软，把大衣给了囊瓦，才被放了回来。蔡侯的行为惹火了楚国，所以秋七月，楚国先发制人，围攻蔡国。此时伍子胥正好在吴国，正图谋给他爸报仇，便撺掇吴王阖闾借蔡侯这件事攻打楚国。冬十一月，吴蔡联军在湖北麻城大战，楚国被打败，吓得囊瓦跑到郑国去避难。

当时裘皮衣服的皮毛是向外的，为了保护皮衣，后来就在皮毛的外面加上一层与皮毛颜色一致的薄纱。《论语·乡党》中"缁衣，羔裘；素衣，麑裘；黄衣，狐裘"，说的就是这个意思。由于裘皮贵重，所以只有贵族才可以穿。裘皮衣服中，以用狐狸腋窝处的白毛做成的狐白裘最为珍贵。《史记·孟尝君列传》记载，孟尝君就有这样一件狐白裘，"直千金，天下无双"。至于闻着有没有狐臭，就不得而知了。

还有一次蔡国跟齐国打仗，原因居然是因为一次划船。桓公与夫人蔡姬在船中嬉戏，蔡姬会游泳，所以拼命晃荡小船，不谙水性的桓公又惊又怕，让蔡姬不要晃了，可蔡姬就是不听。下船后，桓公相当生气，把蔡姬赶回了蔡国，但还没有到断绝婚约的地步。蔡君也很愤怒，就把女儿改嫁了。齐桓公听说后觉得受到了羞辱，便兴兵前去讨伐。

《史记·齐太公世家第二》还记载了这么一场荒唐战事：

二年，楚国包围郑国，郑伯投降。不久，又让郑伯恢复了郑国。六年春天，晋国派郤克出使齐国，齐侯让太夫人躲在帷幕后面观看。郤克上殿时，太夫人见他是个驼背，就笑了起来。郤克说："不报此仇，决不再渡黄河！"回国后，请求讨伐齐国，晋侯不同意。齐国的使者来到晋国，郤克在河内把齐国的四个使者都给杀了。八年，晋国讨伐齐国，齐国把公子强送到晋国当人质，晋军退走。

如此看来，说春秋无义战是有原因的。

23. 鼋鱼

春秋时期，个人的尊严开始变得重要，甚至超乎一切。因此，为了尊严杀人是很随便的，随处可以看到这样的例子。

懿公四年春天。起初，懿公还是公子的时候，与邴歜的父亲打猎，抢夺猎物时没能抢到。等到即位后，就砍断了邴歜父亲的脚，并且让邴歜做他的奴仆。雍职的妻子长得很美，懿公把她收进内宫，并让雍职做陪驾的卫士。五月，懿公到申池游玩，邴歜和雍职一起洗澡，互相开玩笑。雍职说："你是断脚人的儿子。"邴歜说："你是被别人夺走老婆的人！"两个人都为这种话感到耻辱，于是，都很怨恨懿公，就谋划与懿公到竹林游玩。两人在车上杀死了懿公，把他的尸体扔在竹林后逃走。

灵公三年春天，楚国送鼋鱼给灵公。子家、子公（即公子宋，俩人同为郑卿）将要朝见灵公，子公的食指颤动，对子家说："往日食指颤动，一定能品尝到异物。"后来所谓令人食指大动，也许就是这么来的。等到进了宫，看到灵公正在吃鼋羹，子公笑道："果然如此。"灵公问他为什么发笑，子公就都告诉了灵公。灵公召他过去，唯独不给他吃鼋羹，子公发怒，用手指伸进鼎里沾了一点鼋羹，尝了尝就退出了宫。灵公很生气，想杀子公。子公和子家谋划先发制人。夏天，杀死灵公。可怜的灵公，因为区区一只龟鳖送了命，实在有些不太值得。但子公也是够任性的，不给吃就不吃呗，偏偏要染指一下，把事情闹得不可收拾。

再有就是弑父篡位，公子光雇佣专诸杀吴王僚就属于这种情况。

公子光为了刺杀吴王僚，让专诸花三个月的时间学做鱼，烤鱼、鱼生、红烧、清蒸、风干、水煮全都学会了。然后，公子光入见吴王僚，说："有庖从太湖来，善炙鱼，味甚鲜美，请王辱临下舍尝之。"吴王僚欣然允诺，吃鱼的那天，为了防范不测，僚带了很多甲士，而且穿得里三层外三层。喝得差不多时，专诸端着一盘鱼上来，请吴王僚品尝。话音未落，专诸从鱼腹中抽出一把鱼肠剑，穿透吴王僚的三层铠甲，从后心穿到前心，吴王僚当场死亡。当然，专诸也被吴王僚带来的甲士当场剁成肉酱。

这就是传说中的鱼肠剑，藏在鱼的肚子里，而不是用鱼的肠子做成的剑，究竟如何，可惜没见过。公子光即位后，改名为吴王阖闾，也就是夫差他爸，真是大逆不道。

当时活动于城市里有很多形形色色的侠客，他们崇尚横行好斗、慷慨赴死。

荀子曾按照这些人的行为方式，把他们分为四种类型："有狗彘之勇者，有贾盗之勇者，有小人之勇者，有士君子之勇者。争饮食，无廉耻，不知是非，不辟死伤，不畏众强，恈恈然唯利饮食之见，是狗彘之勇者也。为事利，争货财，无辞让，果敢而振，猛贪而戾，恈恈然唯利之见，是贾盗之勇也。轻死而暴，是小人之勇也。义之所在，不倾于权，不顾其利，举国而与之不为改视，重死持义而不挠，是君子之勇也。"后者没人。

魏国的都城内有一位豪富虞氏，"家充殷盛，钱帛无量，财货无訾"，经常在临街的高楼设乐陈酒，击博楼上，招待诸多侠客。一次，正当"虞氏于高楼设乐陈酒、击博赌胜之醵，适有飞鸢"，口中所衔的一块臭老鼠肉正好掉落在酒席之上，惹恼了其中的一位侠客。他召集其徒众说："虞氏富乐之日久矣，而常有轻易人之志，吾不侵犯之，而乃辱我以腐鼠，此而不报，无以立懾于天下。"于是就在当天夜里，率领众盗贼把虞氏满门屠灭了。

我最崇拜专诸那样的受人之托的激情杀人者，他们一诺千金、知恩图报，杀人讲究场面好看，干净利落，从肉体上直接消灭对方。意念杀人者会遭人鄙视，而被杀者似乎也总是疏于防范，给刺客提供万古流芳的机会。杀人武器当然用剑，既显示自己的勇气，也是对被杀者的尊重。

24. 九鼎

鼎被称为王者至尊，属于礼器，用于盛牲肉，虽说是用于祭祀，但最终还是吃到自己的肚子里。二〇一四年底至二〇一五年初，首博有一个《凤舞九天》楚文化的展览，展品中就有所谓的九鼎八簋，主人是曾国国君或者王后。它们静静地尊卑有序地排列在展柜，通体呈现出青铜所独有的锈色和光泽。这些炊具原来是金黄色的，据说是外国一个十八世纪的考古学家赋予了它青铜器这样一个冷冰冰的名字。如今，鼎内的香气已经散尽，里面的食物也已荡然无存。

根据说明，鼎的用途是这样的：

九鼎用于分别盛放牛、羊、豕、鱼、腊、肠胃、肤、鲜腊、鲜鱼。

七鼎跟九鼎相比，少了鲜鱼和鲜腊，可见当时小鲜肉十分稀罕，大概是不易保存。其余五种都是一样的，但七鼎的鼎比起九鼎在体量上要小。这几样食品中肤应该是肉脯之误，还是另有所指？而肠胃大概就是我们所说的下水。如果是的话，这应该算得上早期的卤煮。

五鼎：羊、豕、鱼、肤、肠胃。

三鼎：豕，鱼，腊。

一鼎，只有豕，也就是猪，比百姓还不如。百姓过年过节还可以吃蒸羊羔蒸熊掌蒸鹿尾儿烧花鸭烧雏鸡烧子鹅卤煮咸鸭酱鸡腊肉松花小肚晾肉香肠什锦苏盘熏鸡白肚儿清蒸八宝猪江米酿鸭子。不过，百姓虽然吃得好，家中肯定是不可以有青铜器的。

说到鼎的来历，这种冰冷硕大的器物，自产生的一开始就是象征性的，并没有多大实用功能。从前虞夏盛世，远方各国都来朝贡，进贡九州出产的金属，铸成九鼎并绘上物象（各种纹饰），百物全都齐备，为的是使百姓知道鬼神的形状。

九州的金属，比如，扬州和荆州的贡品里有三色金属（多含金、银、铜、锌等成分），梁州的贡品名单里有铁、银和钢，青州的贡品中有铅，等等。其中的钢，古人的理解可能跟现在的人不太一样，很可能是另有所指（也有人认为，生铁和熟铁熔在一起就成了钢）。由此可见，最开始的青铜，不光是铜、铝和铅的合金，还有很多其他金属，只不过比例不同罢了。

春秋时期，青铜业有了很大的发展，人们不仅积累和掌握了铸造不同器物应采用不同合金比例的配方，即《周礼·考工记》中所说的"金之六齐"，而且对铸范的制作、原料选择、冶炼技巧、火候的掌握等环节，都有了精准的认识和规定。突出表现在在青铜器物的铸造中普遍采用了金印错技术和刻镂画像工艺。这主要是因为此时人们掌握了钢制工具，这种硬度极高的工具可以使人们在青铜器上錾刻，把金银丝镶嵌进去，然后进行捶打和锉磨。另外一个技术就是鎏金，这是因为人们掌握了热处理和汞的用法。但不管这个时期的青铜器如何精美，就是没了太一。

阿城在他的《洛书河图》一书中说，孔子生活在东周的春秋晚期，也就是青铜礼器上没有了天极神符形的时代。孔子入太庙，每事问，但既然天极符形没有了，也就不会有问了。他还感叹说凤鸟不至，河不出图，可见商代和西周早、中期的天极和四象的造型关系系统在孔子时代已失传。银河与苍龙七宿永远在天上，怎么会河不出图呢。商的时候，对河图这样的东西，还很笃定，明确指出它的摆放位置。可是自春秋晚期到战国，对河图、洛书的不出现，有了焦虑。

现在我们知道，最重的青铜鼎是后母戊鼎（原名司母戊鼎），重八百三十二点八四千克。春秋时期周王室的鼎的重量，是作为最重要的国家机密打听不得的，当孔子听说有诸侯国的国君私下打听周天子鼎的重量时，气得连连摇头。

在首博的这个楚文化展览中，除了鼎和簋，还有一件青铜錞于，它最先用于打仗，用于掌握战争的进退，所谓鸣金收兵，指的就是此类器物。比如说铜钲，据说它替楚怀王挡住了致命的一箭，使其能够在后来成就霸业。这些在战场上用于击打的青铜器，作用大概相当于鼓，所以还真不能乱敲。后来人们觉得这东西声音不错，于是便用它们奏乐（其实古人打仗时的阵仗中，本来就是包括军乐队的）。只是我怀疑錞于和钲的音量能有多大，恐怕敲破了，也只有几个人能听到。

25. 马镫

如果春秋时期发明马镫，勾践就不会受到那么大的羞辱（给夫差当上马石），春秋末期吴越争霸史可能就是另外一种写法。

说马镫之前先说马车。

据《周礼》，天子乘坐四驾马车，即驷驾车。诸侯乘坐三驾马车，即骖驾车。大夫只能乘坐两驾马车，叫骈驾车。当然，天子或诸侯出行也会有副车和属车，最多者可有九乘。但也有出格的，《晏子春秋·谏上九》载："翟王子羡臣于景公，以重驾，公观之而不说也。"这句话的意思是，翟王的儿子翟羡靠能用十六匹马驾车，当了景公的臣子。景公看他驾车不太高兴，心说，您把我这儿当马戏团呢。

临淄有个中国古车博物馆，还有个殉马坑，一直说有空去看一下。

马镫据说是拓跋鲜卑人在公元三世纪发明的，也有人认为实际上比三世纪还要早。北魏的陶马俑就出现了马镫，还有马镫的实物，表明最初的马镫是铁制的。开始是为了上下马方便，后来发现还能解放人的双手，在马上做各种高难度的动作，大大提升了骑兵的战斗力，为草原民族征服欧亚大陆立下很大的功劳，极大地改变了历史的进程。西晋出现了单镫，东晋十六国有了双镫，但不管是西晋还是东晋，都跟春秋时期挨不上边儿，否则，勾践也许就不用给夫差当上马石，也就犯不着跟吴国有那么大的深仇大恨了。

由马镫的发明又想到了马掌。

马掌又叫马蹄铁，据说可能是罗马人的创新。在公元前一世纪（相当于咱们这边的西汉）的遗址里就常见了。最初的马蹄铁是铁制的（这几乎是句废话），而且比较轻薄。给马钉马掌的目的是为了防滑，而不是为了美观或跑起路来声音悦耳。这可能是因为罗马的路面多由鹅卵石铺成，且多斜坡，马走起来颇为坎坷。赶上下雨下雪，情况更加不堪，马走着走着突然摔倒的现象时有发生，严重时还会导致骨折。

在草原就不存在这种问题，所以拓跋鲜卑人才慷慨地把这项发明拱手相让。后来制鞋的商人由此获得灵感，才把铁掌钉在鞋跟上。这种轻薄的马掌一直用到中世纪，但更平更重的马掌从罗马时代也开始使用，并且成为其后中世纪最普遍的样式。

最后，需要说明的是，给马钉马掌这件累人的营生，是由铁匠而不是马夫来完成的。具体如何操作的，就不在此详细赘述了。

26. 蕈

在一次宴饮上，夫差给西施介绍眼前一盘蘑菇。

夫差：蕈，地菌也。其形如伞，出横山者最佳，或肉或豆腐中同煮，或醋藏为蔬，风味超胜。然或有毒者，误食之则害人，亦有笑不止而死者，故煮时须下灯草心同煮，或以银簪淬之，若灯心与簪变黑即有毒不宜食也，否则无妨。

西施笑而不语。

郑旦：是有人下毒吗？

夫差：不，是它自身带毒。不信，你来试一下。

西施拔下簪子，正准备插到汤里，按照夫差的说法试一下。突然，夫差的小女儿幼玉在吃了一块蘑菇后狂笑不止，被人搀扶下。众人脸色陡变。

平时夫差对幼玉百依百顺，宠爱有加。她喜欢找西施玩耍。同时，她对西施的身份也十分好奇，经常问这问那。有时西施回答不出来，郑旦便会出来替西施解围。幼玉对此十分不满，坚持让西施自己回答。西施没办法，只好把实话说了，但也仅限于自己是诸暨人，来到吴国是为了给吴王做妾，并不存在所谓的身份之谜之类的。

后来幼玉恋爱受挫，不久亡故。加上伍子胥已死。

史料记载：夫差小女，字幼玉。见父无道，轻士重色，其国必危。遂愿与书生韩重为偶。不果，结怨而死。夫差思痛之，金棺铜椁，葬闾门外。其女化形而歌曰："南山有鸟，北山张罗。鸟既高飞，罗当奈何。志欲从君，谗言孔多。悲怨成疾，殁身黄坡。"歌毕，嘘唏流涕，不能自胜，要重还冢。重曰，死生异道，不敢承命。玉曰，死生异路，吾亦知之。然一别永无后期，子将畏我为鬼而祸子乎。款诚所奉，宁不相信。重感其言，送之还冢。留三日三夜，临出取径寸明珠遗重，曰，既毁其名，又绝其愿，复何言哉。时节自爱，若至我家，致敬大王。重既出，遂旨王自说其事。王大怒，曰，吾女既死，而重造讹言，玷秽亡灵，此不过发冢取物，托以鬼神，趣收重。重脱走，至玉墓所诉玉。玉曰无忧，今归白王。玉梳妆忽见王，惊愕悲喜，问曰，尔缘何生。玉跪而言曰，韩重来求玉，大王不许，令名毁义绝，自致身亡。重从远还，闻玉已死，故赍牲币，旨冢吊唁。感其笃终，辄与相见，因以珠遗之，不为发冢，愿勿推治。夫人闻之，出而抱之，正如烟然。(见《录异传》)

《搜神记》卷一六"紫玉"条，也载夫差小女死事，与此轶文相较，事略同而文为详也，今录以参观："吴王夫差小女，名曰紫玉，年方十八，才貌俱美。童子韩重，年十九，有道术。女悦之，私交信问，许为之妻。重学于齐鲁之间，临去，属其父母，使求婚。王怒，不与女。玉结气死，葬阊门之外。

27. 桑蚕

古代种桑养蚕都很普遍，所谓十亩之间兮，桑者闲闲兮。到了春秋时期，不但玉器的纹饰多为卷云纹和卧蚕纹，还出现玉蚕这样的器物。到了后来，因为忌讳桑树的桑字，于是再没人种植桑树，现在的桑树反倒变成野生的了。

一天，西施来找郑旦，郑旦正在给蚕喂桑叶。

西施觉得郑旦有些憔悴，但一时又不知该如何安慰她。

按我的了解，女人对奢侈生活，有很强的适应能力。但吴国人的奢侈程度，还是令西施暗自惊叹。比如鸡蛋上要刻满花纹，才放到锅里蒸煮。做饭、取暖用的柴火也要经过手艺人雕刻才放进炉膛里烧。宫里的生活更是一般人难以想象，看西施夏天爱吃寒食，夫差就专门给她准备了一个冰鉴。其实，冰鉴不仅可以当冰箱，还可以给热的食物保温。但郑旦的待遇，比起西施显然差了一截。

倒是郑旦比较主动，她告诉西施：桑叶一定要晾干，不然蚕吃了会拉肚子。另外，蚕宝宝怕热，夏天要适当开窗通风。蚕喜欢睡觉，不能让它们睡太多，每天三四觉就够了。

西施好奇：不然呢？

郑旦：我也不知道，不然就长不大吧。

俩人正在说笑，夫差的漂亮女儿幼玉一阵风似的跑来了。她告诉西施和郑旦，自己正在恋爱中，而且就要结婚了。她说想教她们唱歌。

西施和郑旦在馆娃宫中生活如何，几乎没有文字记载，后人就更不得而知了。也不好妄加猜测，很有可能靠唱歌打发时光。《菽园杂记》云："吴中乡村所唱山歌，大率男女情致而已，惟一歌云：'南山脚下一缸油，姊妹两个合梳头。大个梳做盘龙髻，小个梳做黄篮头。'不知何意。朱廷评尝以问予，予之翌日报云：'此歌得非言人所业本同厥心，惟趣向之稍异，则其成就遂有大不同者。'朱云：'君颖悟过人矣。'"

有一天西施和郑旦唱这首歌，夫差正巧从旁边经过，听后也是醉了。

28.地域歧视

出自春秋战国时期的成语很多，它们奠定了中国成语的格局，也能使人从中感觉到诸侯国间的文化差异，以及很强的地域歧视。这种情况有些像现在的欧洲，谁都离不开谁，彼此间又互相不服。其中很多成语都是可以拿来当笑话读的。

通过成语就能看得出来，其中多数出自宋国。我觉得也有这样一种可能，自己做的蠢事安在别的诸侯国身上，从而使该国成为天下人的笑柄。宋国国都在河南商丘。

阿城这样说宋国：有意思的是，孔子的祖先是宋国人，墨子是宋国人，庄子是宋国人，老子论起来是楚地人，近宋。武王伐纣灭掉商朝，将纣的儿子武庚封在商丘，殷的故地。后来武庚跟管、蔡叛乱，周另封纣王庶兄微子启，国号宋。所以宋国是殷的遗族聚集地，能不能说宋影响了春秋时期的新思想呢？

守株待兔、揠苗助长出自宋国，小学就会背。

宋国是商的后裔，因此周承殷礼，应该是连战争的规矩也继承下来，宋襄公是按规矩进行战争的。到了战国时期，已经是兵以诈立了，但仍然是"职"，也就是割敌左耳以记功，到战国末期秦国则是"馘"，还读聝的音，却是斩敌首以记功。六国士兵当然望风披靡，视秦军为虎狼之师，没有耳朵还可以，没有了脑袋，得不到后代的祭祀啊。所以，阿城认为，礼崩乐坏的意思是，人的本事比动物大，大在可以毁弃礼法，对同类完全释放攻击力。动物则不能，虎狼被冤枉了。

道听途说、呆若木鸡、滥竽充数，说的都是齐国。齐宣王喜欢音乐，所以乐手待遇非常高，吃饭四菜一汤，所以才会出南郭先生。

退避三舍、刻舟求剑，说的是楚国人。

杞人忧天肯定说的是杞国。这个曾经的诸侯国在今天的山东新泰。我去过几次，发现当地人看上去的确忧心忡忡的。这也算是一种古风吧。

买椟还珠和郑人买履，说的都是郑国。可见郑国人虽然喜欢做买卖，但是缺乏生意人的头脑。

比起吴呆，越国在遭受地域歧视方面似乎更加不堪，《韩非子·说林上》就记载了这样一个故事，说有位鲁国的商人，擅长做鞋子，妻子善于织缟为冠，夫妻二人打算去越地做生意。好心人却劝阻他说：越人跣行而不穿履，好披发而不戴冠，你去那里做买卖，肯定要赔本。

遍翻《汉语成语小词典》，除了无比悲催的卧薪尝胆，竟然找不到一条好玩儿的出自越国的成语。因为越国起步太晚，太不发达，太不起眼，穷得似乎做蠢事都不配。马都挑不出一匹纯色的。牛也是如此。

而关于西施的成语倒是有两个，一个是前面说过的东施效颦，还有一个是情人眼里出西施。这个成语出自清人翟灏的《能人编·妇女》："情人眼里出西施，鄙语也。"寥寥一笔，多一个字都懒得说。

跟越国相比，吴国也强不到哪儿去，相关的成语却比较正面，除了如火如荼，还有三令五申，讲的是孙武为吴王操练宫女的故事，不特别好笑。而吴侬软语，则成了吴地文化的标签，只是这个成语出现的太晚，跟春秋时期的吴国不太沾边了。

29. 黄池

勾践机会终于来了。公元前四八二年的春天，吴王夫差会同中原诸国的国君在黄池（也就是今天的河南封丘）开会，吴王夫差被推举为中原霸主（也有一说，是借此号令周王室）。按史书上的说法，吴人曰：于周室我为长。

黄池之会是春秋末年吴国倾全国之兵逐鹿中原与晋会盟的一次历史事件，吴国在西破楚、北败徐、齐、鲁之后成为东南一霸。遂向西北进军，会晋定公于黄池（今河南省新乡市封丘县南）。吴军"万人以为方阵，皆白裳、白旗、素甲、白羽之矰，望之如荼。左军亦如之，皆赤裳，赤旗，丹甲，朱羽之矰，望之如火"。这就是如火如荼这个成语的出处。

会盟是古代诸侯间会面和结盟的仪式。春秋时代，一些较小的诸侯国为了抵御大国侵略，联合作战，一些较大的国家利用自己的实力和影响，胁迫其他小国加入自己的阵线，都曾会盟。如召陵之盟、葵丘之盟、践土之盟。《左传·昭公三年》："令诸侯三岁而聘，五岁而朝，有时而会，不协而盟。"《史记·齐太公世家赞》："桓公之盛，修善政，以为诸侯会盟，称伯，不亦宜乎！"

其中葵丘之会，又称葵丘会盟、葵丘之盟。前六五一年，齐桓公在葵丘召集鲁国、宋国、卫国、郑国、许国、曹国等国相会结盟，规定同盟国都要言归于好；不可壅塞水源；不能阻碍粮食流通；不可改换嫡子；不可随便杀死大夫；不可不让士世袭官职；要尊贤育才等。周襄王派宰孔参加，并赐王室祭祀祖先的祭肉给齐桓公。这表示周天子承认齐桓公的霸主地位，标志着齐国的霸业达到了顶峰，没有吴国越国什么事。

但夫差还没来得及歃血，就传来消息说，越王勾践率兵攻打吴国。此时的吴国国内后防空虚，只留下五千老弱病残辅佐太子，转眼间城池被攻破，太子生死未卜。夫差不想让别人知道，便把前来报信的信使杀了。

后来夫差回想，那个信使着实气人，上来就问夫差想先听好消息还是坏消息，这种情况以前从来没有出现过。夫差心里没好气，于是便说想先听坏消息。信使说坏消息是吴国都城被越军攻陷，太子也被杀了。夫差问，那好消息呢？信使说好消息是越军随后撤退，西施和郑旦没被他们掳走。

然后没办法，只好跟忍气吞声，背地里跟越国言和，反过来每年向越国进贡。最令夫差惊讶的，是越人果然是从东边打过来的。夫差不得不对伍子胥多了几分佩服，只可惜人已被他杀了。有史学家总结，黄池之会达到了吴国北伐称霸的目的，但也标志着吴国霸业的终结。

黄池这个地方真够背的，夫差心想。

30. 大事记

清人顾栋高撰的《春秋大事表》中，记述了发生在春秋时期一些大事、天文现象以及一些灾害。

时令：哀十四年春，西狩获麟。

隐三年四月，郑祭足帅师取温之麦。秋，又取成周之禾。

桓五年秋，大雩。书，不时也。凡祀，启蛰而郊，龙见而雩，始杀而尝，闭蛰而蒸。

十月蟋蟀入我床下，曰为改岁，入此室处（出自《毛诗》）。

日食：庄三十年九月庚午朔。日有食之，鼓，用牲于社。

襄十五年秋八月丁巳，日有食之。

星变：庄七年夏四月辛卯，夜，恒星不见。夜中，星陨如雨。

文十四年秋七月，有星孛入于北斗。

地震：昭二十三年八月已未，地震。

山崩：僖十四年秋八月辛卯，沙鹿崩。

水灾：庄七年秋，大水，无麦苗。

庄二十五年秋，大水。鼓。用牲于社、于门。

雷电霜雪冰雹：隐九年三月癸酉，大雨，震电。庚辰，大雨雪。

僖三十三年十二月，陨霜不杀草，李梅实。

襄二十八年春，无冰。

不雨：文二年自十有二月不雨，至于秋七月。

饥：庄二十八年冬，大无麦禾。

襄二十四年冬，大饥。

虫孽：哀十三年九月，虫。

宣十五年冬，□生。

隐五年九月，螟。

物异：庄十七年冬，多麋。

庄十八年秋，有蜮。

昭二十五年，有鸜鹆来巢。

僖十六年春正月，六鹢退飞，过宋都。

火灾：桓十四年秋八月壬申，御廪灾。

襄三十年五月甲午，宋灾，宋伯姬卒。

《吴郡志》有一则：

太兴二年，吴郡米庑无故自坏，是岁大饥。

31. 蟹事

但春秋的长镜头最终给了几只螃蟹。

一天，它们从餐馆的竹筐里爬出来，爬入稻田。吴越的农业从此就这么完蛋了。因为吴国农业以水稻种植为主，那些爬入稻田的螃蟹不断繁殖，把稻子的根都给吃了。也有人认为螃蟹是被故意放到稻田的，之前都是在湖里养，怎么会出现在稻田里呢？吴王夫差没在意，反而夸赞稻田蟹的味道要比在湖水里养殖的螃蟹美味。

高德基在《平江记事》载：吴中蟹味甚佳，而太湖之种差大，壳以脆软，世称湖蟹第一。正月上元，渔人所藏看灯蟹，三四只重一觔，风味殊胜，故陆龟蒙有《蟹志》，傅子翊作《蟹谱》，高似孙撰《蟹略》，皆发挥蟹族之风致也。

吴人不但爱吃蟹，还有吃蟹的歌谣：

> 一只那的蝤蛑，
> 两只那的大钳，
> 八条那的腿，
> 酱油那的蘸。

（注：此歌共有十段，以其格调完全相同，且无甚意味，故仅录此一则，聊供参考。详见顾颉刚《吴歌乙集》）

蟛蜞属螃蟹的一种，身体小，生活在水边，对农作物有害。《搜神记》里说到一种叫蟛蜞的螃蟹，尝通梦于人，自称"长卿"。今临海人多以长卿呼之。说的不知道是不是就是蟛蜞。

大德丁未，吴中蟹厄如蝗，平田皆满，稻谷荡尽。吴谚有虾荒蟹乱之说，正谓此也。考之《吴越春秋》，越王勾践召范蠡曰："吾与子谋吴，子曰未可也，今其稻蟹不遗种，其可乎？"盖言蟹食稻也。蟹之害稻，古以为然，以五行占之，乃为兵象，是以披坚执锐介甲之属。明年，海贼肖九六大肆剽掠，杀人流血。

所以，不能小看螃蟹，而且这仅仅是吴国灾难的开始。

除了蟹灾，吴国还有因气象灾害所导致的洪涝、干旱、低温、阴湿（春季持续降雨导致气温低，湿度大，致大面积秧苗冻伤。秋季的持续降雨会导致棉花烂铃、水稻病害，影响收成）。

吴国东南沿海一带，每年夏秋间受不同程度的台风影响。影响时间最早可出现在五月中旬，最迟到十一月中旬。但大多数时间出现在七至九月间。历史时期称台风为飓，时有记载。由于当时缺乏挡潮工程，台风往往造成海溢、翻湖，如光绪《苏州府志》载："大德元年七月朔大雨，太湖水加挟飓风涌入苏州郡域……死者八九。"

吴越东频大海，湖泊河道密集，故吴国几次大的灾害似乎总是跟水有关。据史料记载，季节性的水患除外，吴国历史上曾经发生过两次重大的水灾。可能是当年大禹治水不彻底留下的隐患，也可能是因为上古时期的水利设施已经过时。另外，还有一次因大旱引发的蝗灾，两次螃蟹带来的灾害。

而真正的灾祸不是水患，而是越国习于水斗、便于用舟的数十万大军乘着战船从水上而来。明代莫震撰《石湖志》，其中"五丫义浜"：五水合流，正是越来溪南口也。越兵从此而入。

陈霁《吴郡溪渎三桥记》：吴郡横山之麓、震泽之渍，厮流溉壤以通舟楫，陆途四达，故多桥，其东属吴江，为越来溪，春秋时越伐吴，兵从之入故名。南距泽水二百里为越地，兹实吴之故陲也。桥曰溪桥，溪之支流为笔港，修直如笔，取象类也；桥曰饶稼，其南属吴为管渎，因以名桥。襟山带泽，厥维要区。

接二连三的灾害，导致吴国迷信，谣言四起。这时吴国在修筑码头时，挖出独眼石人。这石人本是镇水妖的，传出来的消息却是挖出石人意味着要天下大乱。这跟之前人们所观察到的天象一致。范蠡认为这才到了攻打吴国的最好时机。

越国伐吴，吴国的贵族，匆忙把金银财宝以及笨重的青铜器埋入地下，然后纷纷逃命。而那些潜伏在吴国的越人，纷纷投入对吴军的战斗。闹得最欢的，就是悄悄从餐馆放走螃蟹的那个越人，他熟门熟路地把越兵引入城内，显然在吴国潜伏多年。

32. 匠人

越国最后一次攻打吴国之前，范蠡拿出那块琉璃，他发现它发生了一些变化，表面上出现了一层虹膜。范蠡猜测，这很可能是西施滴的泪水造成的。眼泪中百分之九十八的成分是水，而水恰恰是琉璃的大敌，特别是含有钠钾的琉璃器，在水的作用下就会把碱从琉璃中碱化出来，在琉璃器表面形成氧化层。另外，眼泪里还包含无机盐，这也是一种矿物质。琉璃沾上它，也会发生化合反应。当然，范蠡未必懂得这些，他只是觉得这块琉璃愈加神奇了，毕竟这是他和西施之间一件永恒的信物。

就在范蠡把玩那件琉璃时，不小心把琉璃掉在地上摔成两半，关键是另一半说什么也找不到了，范蠡只好找到匠人请他想办法修补。

匠人正在吃午饭，见到范蠡没什么好气，他让范蠡在一旁等着。吃完饭，工匠拿过那半碎了的琉璃，看了看，叹了一口气，把琉璃放在一边。范蠡问工匠什么情况，工匠说这件琉璃没办法修补，因为修补一件琉璃，比重新烧制一件还难，特别是在另一半丢失的情况下。

接着工匠告诉范蠡修补没有任何意义，这块琉璃因为替西施挡住了伍子胥致命的一剑才会碎的。

工匠又跟范蠡说，琉璃的制作一共需要多少多少道工序，光从时间上就来不及。说的范蠡终于失去了耐心，有心把工匠杀了。

但工匠说他不怕死，但是，为了一件琉璃，他不想把命搭上。

我们知道，历朝历代都有规矩，不杀工匠和手艺人。不是为了留住手艺（古人还没这么矫情），而只是为了让他们干活。

后来匠人走了，留下修复好的琉璃。范蠡一看，跟原先没摔坏的几乎一模一样，仔细辨别，才能看出在破损处有一道细小的修复痕迹，但这道痕迹看上去更像是一道纹饰，使这块琉璃比以前更加灵动。

发现罐子里还剩下一些白酒，范蠡一仰头把它拿起来喝了。

中国评剧院有一出戏叫《钟离剑》，说的是越王勾践被吴国释放回国后，卧薪尝胆，发奋图强，立下复国大志。铸剑义士钟离泉老人，为越王精神所感，带领孙女素女藏入天目山为越王铸剑。祖孙二人历尽辛苦终于铸得越王所需之剑。吴王夫差派大夫莫千将钟离老人掠至吴国为其铸剑。钟离老人整日饮酒，嬉笑恣虐，消磨时光，未铸一剑，最终被吴王所害。

十年后，越国将养生息国力大增，素女为越王铸得八千宝剑，越王带领越国军民一举打败吴国，生擒吴王夫差。

33. 弓弩

当吴国人耽于享乐的时候，越国却在积极备战。

开始越国，充其量就是个千乘之国，万乘之国。国家强大不强大，主要是看战车的数量，而不是比国民生产总值，或者是国民的平均收入。后来发生了变化，军队，驭（车兵）徒（步兵）的比例为一比五。越国不允许有军队，青壮年，其实是一些亡命之徒，假装进山里伐木，其实进行军事演练，秘密运输武器弹药。

为提升国力，勾践采取了一系列措施，主要是表现在鼓励生育方面。比如：禁止壮男娶老妇为妻、老男娶壮女为妻。女子十七岁不嫁，男子二十岁不娶，妇女将分娩时要报告官府，官府派医生守护接生。生男孩送酒两壶，犬一只；生女孩儿送酒两壶，小猪一只。若一胎生两个，官府供给衣食；若一胎生三个，官府给请保姆喂养。另外还有照顾鳏寡孤独，缓刑薄罚，以安定民心，等等。

越国人还改进了弓弩，弓弩在军事上的使用是在春秋时期，楚国最先使用。弓的张力确定射程，弱弩有效射程在百米左右。经过越人改进的弓弩的有效射程能达到四五百米，据说他们主要改进了弩机，并且把弓弦从编织物改成了鹿筋，鹿跑的有多快，箭就飞的有多快。当然，这是一种比较夸张的说法，还需要实物证实。

古人射箭的姿势大致有三种，细说起来都很夸张。一种叫蹶张，即张弦时手足并用。还有一种叫腰引，即平坐在地上，弓弩放平，双脚蹬弓干，腰上挂钩钩弦，靠腰和手足三种合力拉弓。第三种叫擘张，主要靠手力和臂力拉弓。勾践的射箭动作，应该是第三种。

防护性兵器以皮甲为主，有人甲和马甲之分。现在的人只知道马甲，不知道人甲，而现在的马甲又恰恰穿在人身上，真是了不起的进化和演变。春秋后期的弩弓经过改进，成为当时射程最远、威力最大、命中率高、穿透力强的先进武器（拿人做实验），并普遍使用。还发明改进了诸如云梯、钩拒、铁杖、铁锥、方脑铁叉、铁柳锁、斧、钺等一些新式进攻性武器。另外，就是训练水军，造了大量的战船。

《越地传》记载："越人为竞渡，有轻薄少年各尚其勇，为鹜没之戏。有至水底然后鱼跃而出。"活脱脱道出了越人的精神气质，哪里像战败国。

34. 剑道

我曾经这样设想，勾践和夫差两人最后应该有一场巅峰对决，比的是剑，谁的剑锋利，谁的剑上的同心圆更圆或者铭文写得好，谁的剑上的暗格漂亮，剑柄上镶的琉璃多，等等。最后把周围的人弄得不耐烦了，说，你们俩到底有完没完呀，不打我们回家种地去了。

春秋末期，因为战事频繁，很多武器都不如西周时期的精致，比如箭镞。唯独铸剑方面表现出极高的工艺水准，西周时期的柳叶状的青铜剑无法与其相提并论。

越王勾践剑于一九六五年出土于湖北江陵县望山。

吴王夫差剑，于一九七六年河南辉县出土，为吴王夫差自作用器。两地相差将近五百二十公里。夫差剑的剑格上镶着三块蓝色琉璃，比勾践剑上多出一块。跟夫差在一起时，西施一定会注意到他宝剑上的琉璃，那么她会想起范蠡送给她的那颗吗？仔细看镂空部分，似乎应该不止两块，其他琉璃镶嵌不知为何脱落了。

《越绝书校释》中有这样一条：张宗祥曰：“《嘉泰会稽志》：锡山在县东五十里。《旧经》云：越王采锡于此。《水经注》：《吴越春秋》云，练塘勾践炼冶铜锡之处，采炭于南山，故期间有炭渎。勾践臣吴王，封勾践于越，百里之地，东至炭渎是也。”

由此可见，勾践并不缺少铸剑（当然还有其他兵器，诸如矛和戈之类的）所需的材料。这个夫差也够糊涂的，给了勾践这么一个地方。当然，光有材料是不够的：“宝剑为五金合冶而成，故上言五色并见，莫能相胜。此又言金锡和铜而不离。凡火力不齐，五金不和，则剑不成。”最后这段中的“上言”，说的是勾践说的话，当时他向宝剑鉴赏家薛烛炫耀自己的宝剑，可见勾践自己就是这方面的行家。相比之下，现代人形容宝剑使用的语言太过贫乏（毕竟用剑的年代太过久远了），不是寒光闪闪就是削铁如泥，你用剑削过铁吗？

勾践本人收藏过很多把宝剑，而且每把都有一个骇人的名字，而每个名字都有不同的功能。

范蠡虽然会养鸡，铸剑方面可能是外行，其实，范蠡只负责勾践剑的督造。

那柄勾践剑现藏湖北省博物馆，后来又仔细研究过照片，上面嵌有八个鸟篆，剑柄上镶嵌着两块蓝色的琉璃。如果铸剑说成立，那么范蠡烧制的琉璃就是为了这柄剑用的。这证实了琉璃制作跟铸造技术以及炼丹是相关的。比如当时铸剑要熔化铜、铅、锡等矿物，制作琉璃也要熔化石英石，并加入若干金属。再比如铸剑用的是范铸法，制作琉璃用的也是范铸法。

剑是春秋时期开始时兴的兵器，贵族佩带它主要是为了自卫并炫耀阔绰。所以，宝剑上一般都会镶金嵌玉，挂在腰间的皮带上。皮带头有用青铜或者白玉做成的带钩绊住，讲究的带钩用银镶金嵌玉做成，而且样式很多。

《拾遗记》记载，铸造勾践剑时，越王勾践使工人以白马白牛祀昆吾之神。

剑多少年还没铸好，琉璃要比铸剑花费的时间短得多。

在国家博物馆一层的一个展柜里，并排放着三把青铜剑。一把是吴王夫差的，一九七六年河南辉县出土，它看上去寒光四射，但不知道夫差是不是用这把剑自刎的，如果是的话，剑上的血痕也应该已经褪去了。还有一把是吴王光（即阖闾）的，于一九六四年于山西原平出土，为吴王光的自作用器。第三把没标明主人，据博物馆讲解员讲，它也是于一九六五年于湖北江陵县望山跟越王勾践剑一同出土的，除了上面没有鸟虫篆铭文外，外观上跟越王勾践剑一模一样。都知道，勾践收藏剑。越王勾践剑作为湖北博物馆的镇馆之宝（另外一件是曾侯乙编钟），一般情况下是不轻易拿到别处展出，即便是像国博这样的上级单位出面，也未必能借到。阖闾的剑要比另外两把剑短，看上去也相对粗糙。我的困惑是，如果那把没有铭文的剑的主人真是勾践的话，三把青铜剑是否会在博物馆的黑暗中拼个你死我活。

35.吴钩

本来勾践想一鼓作气，但被范蠡阻止了。因为守城的只是一些老弱病残，考虑到吴国还有很多精兵强将，这次并没伤到他们的元气。正好吴国低声下气提出求和，越国也就顺坡下驴同意了，但还是提出了一些条件。本来一直是越国每年给吴国进贡，现在全都反了过来。

到了公元前四七八年，越国趁吴国连年受灾，就食于东海之滨的机会，勾践乘虚再次发兵攻吴。那时的天灾被视为天意，是上天对夫差优柔寡断的无情惩罚。这一役使得吴国丧失大片土地，国力大伤。

到了公元前四七六年，越国再次伐吴，这次勾践志在必得。此前，他在苎萝山对面专门划出一块地方养鸡养猪，以犒劳前方的将士。越国大军把吴国都城围了个水泄不通，而且一围就是三年多，守城的吴国士兵最后饿得把能吃的都吃了，连树皮都吃光了。越人却在顺风的方向架起炉灶，让吴人闻到炖鸡的香味儿。不过，古人很少把事情做绝，拿围城来说，讲究围三留一。愿意走的尽管走人，虽说打仗，杀人不是目的，要的是攻城略地。如果一味杀人，很可能把人杀急了。

此外，勾践还采用了心理攻势，不分昼夜让士兵用吴侬软语向城中喊话，吴人军心动摇。他们本来就对越人的战术很不适应，在他们看来，那些越人一会儿像水一样聚在一起，一会儿又像沙子一样散开，吴兵很快就被弄得晕头涨脑。于是，纷纷投降。最后，越军把吴王围困在姑苏山，吴王夫差终于支撑不住，派公孙雄赤裸着半身，用膝盖跪地前行，向越王求和。想到当年越国战败，也是派副将（名字我忘了）赤裸半身求和的。

勾践虽然勉强答应了，但条件比以前更为苛刻。他要把夫差贬到越国东都的甬东，也就是今天的舟山群岛。夫差一听，心里凉了半截，甬东是什么地方，不过就是几个小岛，一年四季除了干旱就是刮风。再有就是岛上一定野兽出没，蛇蝎横行，那是一个让人自生自灭的地方，鸟过都不拉屎。而且勾践要是以其人之道还治其人之身就麻烦了。凭夫差对勾践的了解，他肯定会这么做的。扫地喂马还可以接受，尝大便还不如死呢。不管怎么样，正是因为夫差的局限性，没让他成为舟山群岛的伟大拓荒者，历史就是这么阴错阳差。

于是，夫差选择去死。

按照史书上的说法，夫差对来人说："孤老矣，不能事君王。吾悔不用伍子胥之言，自令陷此。"说完，自刎而死。临死之际，还令手下将其双眼用三寸帛遮住，说："我无面目见伍子胥也。"这是一个大家都能接受的结局，历史上的末路英雄都会像夫差一样，在结束自己时才大彻大悟，但表现得都很从容，仪式感也很强，一定要把戏做足，把评说留给后人。

其实，夫差临死之际想的不是别的，而是一种叫糟糕的苏州小吃，它的味道有些像梅花糕，也是用诸如鲜肉、板油丁、豆沙和玫瑰之类的做馅，但吃着不如梅花糕甜，这可能是因为梅花糕注入的是面浆，糟糕注入的虽然也是面浆，但里面加了醪糟，这么做的目的是为了让面粉更好地发酵。夫差记得，那还是他有一次在西施那里吃到的。夫差惊讶，这么好吃的东西，他居然之前没吃过。

夫差死后，勾践还是把一些越人流放到甬东，同时还把夫差的三个儿子流放了。夫差本来有很多儿子，都在打仗时战死了。夫差死后，勾践以礼待之，按诸侯王的规格入葬，专门命人找来几件玉璧和一个玉覆面作为吴王陪葬品。玉覆面是用地方玉做的，玉质比较一般。另外还陪葬了几件兵器，其中有几件青铜戈和一件吴钩。

勾践命人把吴钩折成两截，其他随葬品摆放的也十分随意，表明此处瘗葬的是一位亡国之君。至于夫差珍藏的几把宝剑都没随夫差入葬，它们理所当然地成了勾践的战利品，这并不奇怪，宝剑历来都是被当成战胜一方的战利品的。这里有一个细节，折断的吴钩是用丝绸包裹的。不要小看丝绸，那时候一束丝可以换五个奴隶或者一匹马，如此换算，八束丝可以换四十个奴隶或者八匹马。

吴钩，兵器，形似剑而曲。春秋吴人善铸钩，故称。辛弃疾《水龙吟·登建康赏心亭》中就有"把吴钩看了，栏杆拍遍，无人会，登临意"的千古绝唱般的词句。忘了曾经在哪儿看过，我觉得它更像是戟，只不过把那头是弯的，而且确实像个钩子，使用的时候可以连刺带勾。

《吴郡志》卷二十九说了这样一个制作吴钩的故事：吴鸿、扈稽二金钩，吴王阖闾所作。阖闾既得干将莫邪，复命国中作金钩。令曰，能为善钩者，赏百金。吴作钩者甚众，有人贪王重赏，杀其二子，以血衅金，遂成二钩以献，旨宫门求赏。王曰，为钩者众，子独求赏，何以异于众夫子之钩乎。作钩者曰，吾子作钩也，贪而杀二子衅成二钩。王举众钩示之曰，何者是也，钩甚多，形相类，不知其所在。钩师向钩呼二子之名，曰，吴鸿、扈稽，我在此。王不知汝之神也。两钩俱飞向父胸。吴王大惊，赏百金，遂服钩不离身。

关于吴王葬处本来就不确定，据说后来又改葬别处。《红兰逸乘》一文中这样交代：楞伽山前海潮庵，有蛟穴。俗传吴王夫差葬处，非也。夫差墓在秦望山，尤西堂太史已辨之矣。宋谈元先生与庵僧投契，僧导以观蛟穴铁户，欲启镭，僧不可，曰：此中潜逶通旁，幽轴窈窕，往太湖底，闻波涛舟楫在人头上，行久可达林屋洞天。

吴国被灭之前，夫差做了一个怪梦。《越绝书》里专门有一篇讲夫差如何占梦的内容：吴王夫差夜梦三黑狗，号以南，以北，炊甑无气。及觉，召群臣言梦，群臣不能解，乃召公孙圣。圣被召，与妻诀曰："以恶梦召我，我岂欺心者，必为王所杀。"于是圣至，以所梦告知。圣曰："王无国矣。犬号者，宗庙无主。炊甑无气，不食矣。"王果怒，杀之。及越兵至，王顾左右曰："吾无道，杀公孙，汝可呼之。"于是三呼三应，吴卒为越所灭。

《吴越春秋》是这么说的：吴王夫差兴九郡之兵，将与齐战，道出胥门，假寐于姑苏之台，梦入章明宫（具体），见两铻蒸而不炊，两黑犬嗥以南嗥以北，两锸殖宫墙，后房鼓震箧箧有锻工，前园横生梧桐。谓太宰嚭曰："子为寡人占之。"嚭曰："美哉！王之伐齐也。章者，德镪镪也；明者，破敌声闻昭明也；两铻蒸而不炊者，大王圣德气有余也；两黑犬嗥以南嗥以北者，四夷服，朝诸侯也；两锸殖宫墙者，农夫就成田夫耕也；流水汤汤越宫墙者，财国贡献，财有余也；后房鼓震箧箧有锻工者，宫女悦乐琴瑟和也；前园横生梧桐者，乐府鼓声也。"吴王大悦，而其心不已。又找来公孙圣，用白话文问他一遍。

36. 迷

抛开这个怪梦不说，历史总有它的不合理之处，这三次

92

越国伐吴所用时间加起来共九年，如果西施在吴国待了十年，那么这九年她应该都在，但史料中却没有任何记述，就别提那些春秋笔法了。

疑问是明显的，从头一次越国趁夫差去黄池开会，勾践率大军攻破吴国城池，连吴国的太子都被杀了，为什么不把西施救回来呢。原因只能有两个，一个是西施对越国来说已经不重要了，二是西施留在吴国有更重要的任务。可惜后者我们没能看到。不管怎么说，越国头一次攻打吴国便取得了大胜，西施没跟着回去就算了。那么第二次越国把吴国打得几乎无还手之力，西施仍然留在吴国就有些令人匪夷所思了，难道是为了让夫差继续沉湎于酒色吗？我对此深表怀疑，我们不妨换一个思路，江山社稷面临着生死存亡之际，即便夫差再好色，也应该能够看到美人所起的励志作用。

第三次越国伐吴，双方打得鸡飞狗跳，狼奔豕突，一切即将灰飞烟灭，再说什么也已经多余了。这正是我喜欢春秋这段历史的地方，这时候的人虽然没什么教养，但个个血气方刚。偶尔设计对方，但也仅限停留在术的层面上，而且首先把自己折磨的够呛，不是尝胆，就是送木头送美女，也不想万一被人识破了不就赔了嘛。像勾践这种人更是奇葩，为了复仇，余下的都可以抛诸脑后，殊不知是自己先对不起人家。但这也不能怪他们，此时儒家学说还没大行其道（主要是孔子的弟子们还没把老师说过的话整理好），老子的学说也只是到了天人感应这步，因此少不了要装神弄鬼，范蠡就是其中的代表人物。

再有就是西施的下落，老邹的戏里是被越国王后杀了，其实这不太可能。勾践跟夫人感情甚笃，跟吴国打仗战事失利时他本来准备杀妻，然后跟吴国决一死战。可见勾践对妻子还是非常钟爱，不愿意让她落到吴人手里。因此，西施对王后的地位不构成任何威胁，也看不出任何勾践想立西施为妻为妾的意思。其二，夫人即便歹毒，还不至于到明目张胆杀人的地步。因此，所谓夫人杀西施之说不成立，更不应该把文种牵扯进去。

另外还有沉江之说，最早是墨子在他的《墨经》中提出这种看法。但至于究竟是谁把西施投入扬子江中的，就众说纷纭了，其中包括自沉说，为什么一个人的生命非要结束在别人手里呢？据《东坡异物志》载："扬子江中有美人鱼，又称西施鱼，一日数易其色，肉细味美，妇人食之，可增媚态，据云系西施沉江后幻化而成。"相传《东坡异物志》为管仲所著，但是找遍大街小巷遍寻不到这本书，看到的都是一些只言片语。有人怀疑管子的说法，认为管仲系春秋初期人（公元前七一九一公元前六四五），比勾践早生了两百多年，难道他也有未卜先知的本领？

至于西施沉入的是扬子江倒是有可能的，扬子江流经太仓和常熟，这两地都离姑苏城不远。而且太湖的支流遍布周边地区，有几条最终通往扬子江也是有可能的。

老实说，西施挺无辜的，去吴国的时候，没人告诉她负有什么使命。但反过来想，勾践美人计的目的也算达到了，虽然没把夫差的身子骨搞垮，但使其终日沉迷酒色，大兴土木。最关键的是，把伍子胥杀了。因此，不少吴人对西施恨之入骨，最后吴人把西施杀了也是有可能的。但最终杀害西施的人就是勾践，因为在他看来，西施是越国的耻辱。

最后，要说一下姑胥台的那把大火同样令人困惑，它在越军攻入之前就烧起来了。没人下命令，而当时夫差就在姑胥台，这把火总不会是吴军自己放的，我推测，很有可能太阳照在西施凹面铜镜上，从而点燃了帷幔而引发的。

37. 儿语

最普遍的说法，是西施和范蠡泛舟五湖后，俩人隐居了。这种说法最早见于东汉袁康的《绝越书》。里面说，"吴亡后，西施复归范蠡，同泛五湖而去。"现代画家董天野画过一帧《范蠡西施泛五湖而去》的木版插图。另外，我还看过程十发画的一幅国画，画面也是范蠡和西施在一条小船上，不同之处是船上没有艄公，只有范蠡和西施两个。当然，美术作品不能替代史实。

西子随陶朱公去，不知所终说，并没有太多的证据。山东《肥城志》云："西施洞在牛山蝙蝠洞西，昔陶朱同西子登此山隐焉（山共有三十六洞）。予谓东坡诗'载去西施岂无意，恐教倾国再迷君'。殊寓钟爱之忱，而犹有未尽者，盖朱公知勾践长颈鸟喙，难与久居，身既见己而作，恐西子他日华落爱渝，贻团扇秋风之叹，不如携手同行，如神龙之莫见其尾耳。"

清王维德的《苏石小记》中石室一条是这么说的，石室旧称西施洞，今改名观音洞，在百步阶南下。

《吴越春秋》云："吴王夫差拘勾践、范蠡于此。"互见梵宇门。

顾炎武《西施洞诗》："馆娃遗迹草迷离，古洞千秋尚姓施。大可功成隐岩穴，又何一舸逐鸥夷。"汪琬《西施洞诗》："竹苇异柔韧，河济殊清浑。贞淫各有性，孰能究其根。越女既妖冶，肯顾吴宫恩。单舸逐鸥夷，此事奚足言。不见千载后，犹然魅王轩。"

如果事情果然如此，所谓西施洞跟石室说的是同一个地儿，本应辟为爱国主义教育基地，却成了小两口的爱巢，觉悟低得实在是不能再低了。但真相究竟如何，只有天知道。

我个人比较倾向西施自己投江。看回越国无望，在吴国待这么多年的经历，自己都说不清楚，唯有一死了之。西施先是跑到穹窿山顶上唱歌（当然是越国的歌，但腔调已经变了），然后纵身跃入江水之中。

越灭吴后，范蠡遍寻不见西施。

范蠡回到苎溪村，这次他几乎没认出东施，因为她已经变得跟别的村姑几乎没什么两样。东施很快认出他，并以糯软甜脆的吴语，而且是地道的太湖腔热情地招呼他时，范蠡真的无语了。他万分惆怅地来到江边，回忆起当年跟西施泛舟时的情景，范蠡不禁感慨万千。

他唱道：野有蔓草，寒露漙兮；有美一人，清扬婉兮；

邂逅相遇，适我愿兮；野有蔓草，零露瀼瀼。有美一人，婉如清扬。邂逅相遇，与子皆臧。唱罢，范蠡掏出那粒琉璃，正准备把它掷进太湖水中，正好看见西施像奥菲利亚一样顺流而下，便把她救上岸。本来西施已经不行了，看到琉璃很快就缓过来了，西施见范蠡正抱着自己，西施也没太难为情，也没问为什么要救我之类的废话，两个人就私奔了。

《吴地记》载："（嘉兴）县南一百里有儿语亭，勾践令范蠡取西施以献夫差，西施于路与范蠡潜通，三年始达于吴，遂生一子。至此亭，其子一岁能言，因名儿语亭。"让人惊讶的不是生孩子，而是吴国越国都城相距不过三百公里出头，这段路他们居然走了三年，足够绕地球半圈。

38. 太一

范蠡头一次看到太一，是跟西施坐摩天轮的时候，当时他惊讶的说不出话来，而且完全不敢相信自己的眼睛。它跟之前他看到的星象不同，既像一个众神之王，又像是浩瀚宇宙中唯一的洞口。在此之前，不但在天上看不到太一，而且它从礼器上也消失了，没有任何征兆范蠡不知道，太一突然出现意味着什么。

中国的古人认为，太一是神，《史记·封禅记》说："天神贵者太一。"索隐再说："天一，太一。北极神之别名。"《史记·天官书》又说："中宫天极星，其一明者，太一常居也。"离北极星不远，是著名的北斗星宿，它一年里正好围着北极星转一圈，斗柄分别在春夏秋冬指着四个方向。中国古代天象认为北斗星宿是天极神的车，载着它巡视四方。现代天文学告诉我们，地轴并不是稳定不变的，它的指向会有微小的变化，就是所谓岁差。同时，所有的星座也会有变化，在长达数千年的天体运行的过程中，天龙座α、天琴座α都成为过北极星，到公元四千年后，仙王座星γ将成为北极星，但只有小熊座α才是真正的北极星。地球自转轴摆动一圈的时间，大约是两万六千年。大约在公元两万八千年，北天极又会指向小熊座α星了。（见阿城《洛书河图》）

所以，因为连日劳累外加眼花，范蠡看到的那颗很有可能不是真正的北极星。对现在的天文爱好者来说，观测北极星似乎并不太难，从大熊座被斗斗口的两颗天枢（大熊座α星）和天璇（大熊座β星）向北引一条直线，延长到距离它们五倍远的对方，有一颗不很亮的星，这就是著名的北极星。另外，从仙后座也可以找到北极星：先找出仙后座ε星（阁道二）与γ星（策）的中点，在接仙后座δ星（道格三）和这个中点，一直向北延伸，同样可以找到北极星。

西施看范蠡的样子，觉得怪怪的。

西施和郑旦临离开越国前去见勾践，是文种带着去的，范蠡当时并不在场。因为那天早晨起来，范蠡发现他的脸上长了一些小包，再仔细一看，竟然是呈勾陈一（即北辰）的形状，就是我们说的小熊座（Ursa minor）。范蠡当时吓坏了，他知道这是距北天极最近的星座，其中最亮的有七颗，排列成斗形，看上去颇似北斗七星，有着像熊一样的四方身体和一条长长的尾巴。这究竟是一种什么样的天人感应，范蠡为此寝食不安，连西施也顾不得了。奇怪的是，这些神秘的小包第二天就从范蠡的脸上消失了。

利维坦在《我们生活在一个设计好的宇宙中吗？》引用爱因斯坦的话说，关于宇宙最难理解的事情是，它居然可以理解。利维坦自己的结论是，世界的创造者更接近人类，而不是上帝。

39. 占星

冯时在他所著的《中国天文考古学》一书中认为：占星家关注的天象主要有两类，一类属于奇异天象，另一类则是五星运动。有关奇异天象的占验比较简单，某一颗星主掌某事都已形成一套固定的模式，于是占星家根据它们的变化特点，便可预测吉凶。《汉书·天文志》叙汉元帝初元元年（公元前48年）事云：

元帝初元元年四月，客星大如瓜，色青白，在南斗第二星东可四尺。占曰："为水饥。"其五月，勃海水大溢。六月，关东大饥，民多饥死，琅邪郡人相食。

星占家的占验依据在唐代文献中仍有部分存留。《史记·天官书》："南斗为庙，其北建星。"张守节《正义》："建六星，在斗北，临黄道，天之都关也。斗建之间，七耀之道，亦主旗辂。占：动摇，则人劳；不然，则不；月晕，蛟龙见，牛马疫；月、五星犯守，大臣相谋为，关梁不通及大水也。"不难看出，星占的原则与星名所具有的特殊含义是关乎紧密的，可以说，作为星占学基础的星名体系的建立也就意味着星占学自身的完善，这些似乎并不难理解。建星是关梁的象征，因此古人认为，月亮或五星犯守南斗或其北的建星，则是关梁不通和洪水泛滥的征兆，显然这次占断是应验了。

类似的占法在古代典籍中还有许多。人们注意到，汉昭帝去世时的天象也有详细的实录。《汉书·天文志》叙汉昭帝元平元年（公元前七四年）事云：

三月丙戌，流星出翼、轸东北，干太微，入紫宫。始出小，且入大，有光。入有顷，声如雷，三鸣止。占曰："流星入紫宫，天下大凶。"其四月癸未，宫车晏驾。

占星家以紫微宫主帝王，流星入紫宫，显为帝王的灾兆。

西汉末年王莽篡国前出现的天象可能也是真实的。《汉书·天文志》叙汉成帝元延元年（公元前十二年）事云：

元延元年四月丁酉日晡时，天暒晏，殷殷如雷声，有流星头大如缶，长十余丈，皎然赤白色，从日下东南去。四面或大如盂，或如鸡子，耀耀如雨下，至昏止。郡国皆言星陨。《春秋》星陨如雨为王者失势诸侯起伯之异也。其后王莽遂颛国柄。王氏之兴萌于成帝〔时〕，是以有星陨之变。后莽遂篡国。

这是星占家对于流星雨的占验。不过王莽立政已是公元九年之事，去此则有二十年。星占家将这一天象视为王莽之兴而非其篡国的征兆，虽也不失道理，但已显得十分牵强。

《史记·天官书》叙秦并六国及楚汉战争事云：

秦始皇之时，十五年彗星四见，久者八十日，长或竟天。其后秦遂以兵灭六王，并中国，外攘四夷，死人如乱麻，因以张楚并起，三十年之间兵相骈藉，不可胜数。自蚩尤以来，未尝若斯也。

古以彗星出为荡涤之象。《汉书·天文志》："传曰：彗所以除旧布新也。"秦汉之际的巨大变革当然是社会内部各种矛盾激化的结果，但彗星在如此短的时间内频频出现，也为世所罕见。

如果说奇异天象的占验稍显浅近的话，那么五星的占验则相对繁复得多。它不仅表现在各星所具有的吉凶性质的不同，而且它们的动态所反映的吉凶情况也不同。占星家把已经掌握的五星在一个运行周期内的运动情况作为五星的常态，如果它们的运动与常态相违背，就可以依据不同的变化来确定吉凶。《汉书·天文志》记载了很多奇异的占星结果，其叙汉景帝前元三年（公元前一五四年）事云：

三年，填星在娄，几入，还居奎。奎，鲁也。占曰："其国得地为得填。"是岁鲁为国。古以奎宿为鲁国分野，而土星主得地之利，故当年鲁地立为侯国。

《天文志》又叙景帝中元五年（公元前一四五年）事云：

其五年四月乙巳，水、火合于参。占曰："国不吉。参，梁也。"其六年四月，梁孝王死。又叙汉武帝元鼎间事云：

元鼎中，荧惑守南斗。占曰："荧惑所守，为乱贼丧兵；

守之久，其国绝祀。南斗，越分也。"其后越相吕嘉杀其王及太后，汉兵诛之，灭其国。

可以看出，五星占验同样需要利用二十八宿分野体系。

古人认为，凡重大的历史变迁必会有奇异天象出现，如果圣人降作，则祥瑞显兆，若佞人篡国，则凶象陈临。不过需要特别注意的一点是，某些天象有时为着政治的需要却被篡改了，这方面的例子恐怕再没有我们马上要讨论的一件更能说明问题。我们先来读司马迁记录的两条原始史料。

《史记·高祖本纪》云：汉元年十月，沛公兵遂先诸侯至霸上。秦王子婴素车白马，系颈以组，封皇帝玺符节，降轵道旁。

明载秦亡的时间地点。《史记·天官书》则云：

汉之兴，五星聚于东井。

这里讲到的是一种五星聚舍的罕见景象，也就是我们通常所说的五星连珠，它是由五颗行星在天空中一字排开而组成的美丽天象，星占学上则将其视为明主出现、改朝换代的大吉之兆。

东汉经学家郑玄在《周礼·春官·保章氏注》中揭示了另一种十二次分野，这实际只是二十八宿恒星分野的不同表现形式。其具体内容是：

星纪，吴、越也；玄枵，齐也；娵訾，卫也；降娄，鲁也；大梁，赵也；实沈，晋也；鹑首，秦也；鹑火，周也；鹑尾，楚也；寿星，郑也；大火，宋也；析木，燕也。

根据十二次与二十八宿的对应关系，我们可以将这个分野形式还原如下：

星纪	斗、牛	吴、越
玄枵	女、虚、危	齐
娵訾	室、壁	卫
降娄	奎、娄	鲁
大梁	胃、昴、毕	赵
实沈	觜、参	晋
鹑首	井、鬼	秦
鹑火	柳、星、张	周
鹑尾	翼、轸	楚
寿星	角、亢	郑
大火	氐、房、心	宋
析木	尾、箕	燕

这里，吴、越的分野合而为一，而赵与晋的分野并存，显然不合道理，这可能是占星家刻意追求的一种理想形式，但无论如何，它已是走入歧途的一种荒谬的分野格局了。

40. 变卦

都说会算命的人不给自己算。这天，范蠡鬼使神差，吃过午饭后闲着没事给自己卜了一卦，结果居然是变卦，他知

103

道自己该离开了。临走之前，他给文种留了一张纸条。大意是高鸟已散，良弓将藏；狡兔已尽，良犬就烹。此外，范蠡还攻击了一番勾践的长相，说他长颈鸟喙，鹰视狼步；可与之共患难，而不可共处乐。但我觉得传说中的舜帝就是鸟头人身，好像还长了一些羽毛。鸟在春秋时期更是很多诸侯国共同的图腾，因此，长颈鸟喙不应该被看作待人寡薄的证明。

据说中国古代相面术，就是在春秋战国时期出现的，《左传·周书》中就有关于相术和相士的记载。有些说法流传甚广，且多被现在人采用。比如：头发多的人劳碌命，而且心眼儿小；眉毛长的人体弱多病；嘴唇厚的人不擅辞令；牙齿空隙大的人爱撒谎；三角脸的人想象力丰富，欠实际能力；女人皮肤白有良缘，等等。古代社会不太讲究家庭背景，不论是职场用人还是找对象，主要靠相面。人脉和后天努力只是辅助性的。

文种看了纸条大吃一惊，但也没太当回事。在文种看来，食君禄报君恩是理所当然的，再正常不过了。有人把文种不想走的原因，归结为舍不得好不容易到手的荣华富贵，真是把他看贬了。

前面说过范蠡跟文种的交情，都是从一个地方出来的。俩人认识时，文种是个县官，而范蠡还是个不得志的穷困书生，行为乖僻，俩人见面后却一拍即合，本来说好要去吴国实现抱负，走到半路听说吴国已经有伍子胥了，于是俩人临时决定改投越国。这说明一开始俩人对越国并不看好，只是想临时在此歇脚，没想到这一歇就在越国扎下来了。

史料记载，范蠡是宛地三楚国户人，跟百里奚是老乡。离开楚国，是因为楚国国君傲慢自大。《越绝卷第七·范伯第八》详细记述了范蠡的身世以及他跟文种认识的经过：昔者，范蠡其始居楚，曰范伯。自谓衰贱，未尝世禄，故自菲薄。饮食则甘天下之无味，居则安天下之贱位。复被发佯狂，不与于世。

文种者，本楚南郢人也，姓文，名种，字子禽。荆平王时为宛令，之三户之里，范蠡从犬窦蹲而吠之，从吏恐文种惭，令人引衣而障之。文种曰："无障也。吾闻犬之所吠者人。今吾到此，有圣人之气，行而求之，来至于此。且人身而犬吠者，谓我是人也。"乃下车拜，蠡不为礼。

谓大夫种曰："三王则三皇之苗裔也，五伯乃五帝之末世也。天运历纪，千岁一至。黄帝之元，执辰破巳。霸王之气，见于地户。子胥以是挟弓干吴王。"于是要大夫种入吴。此时冯同相与戒之，伍子胥在，自与不能关其辞。蠡曰："吴越二邦，同气共俗，地户之位，非吴则越。"乃入越。越王常与言尽日。

史书对范蠡的评价很高。《拾遗记》中有这样一段：

录曰：《易》尚谦益，《书》著名谟，人臣之体，以斯为上。《传》曰："知无不为，忠也。"范蠡陈工术之本，而勾践乃霸，卒王百越，称为富强，斯其力矣。故能佯狂以晦迹，浮海以避世，因三徒以别名，功遂身退，斯其义也。至如"宝井""游宫"，虽奢不惑。夫兴亡之道，匪推之历数，亦由才力而至也。观越之灭吴，屈柔之礼尽焉，荐非世之绝姬，收历代之神宝，斯皆迹殊而事同矣。博识君子，验斯言焉。

听说范蠡不告而辞，勾践第一个反应是派兵去追，被文种阻止。

据《吴越春秋》记载：范蠡既去，越王愀然变色，召大夫种曰："蠡可追乎？"种曰："不及也。"王曰："奈何？"种曰："蠡去时，阴画六，阳画三。日前之神，莫能制者。玄武、天空威行，孰敢止者？度天关，涉天梁，后入天一，前翳神光。言之者死，视之者狂。臣愿大王勿复追也。蠡终不还也。"越王不明觉厉，心想还是别追了，乃收其妻子，封百里之地："有敢侵之者，上天所殃。"并使良工铸金像范蠡之形，置之坐侧，朝夕论政。

其实自从范蠡走后，文种便称病在家，很少上朝，结果患上了拖延症，被勾践赐剑自杀。之前勾践还给文种带话，连讽刺带挖苦。文种听了，自觉得遇人不淑。他后悔当初没听范蠡的话，但也不后悔留下来的选择。

41. 蠡

范蠡多才多艺，是一个半人半巫式的人物。平时习武，还喜欢养鸡、养鱼，还写过一本《养鱼经》。因为有颈椎病，时不时抬头看看天象。但这些似乎都不是什么正经事。蠡，根据字典解释，是一种木头里的虫子。古人的名字总是怪兮兮的。

在吴国囚禁期间，夫差看范蠡才学过人，又对勾践忠心耿耿，于是便试图收买他，但都被范蠡拒绝了。一天，范蠡正在走路，脚下被什么东西绊了一下，仔细一看是一块金子。看四周没人，范蠡本来想偷偷揣起来，但转念一想，君子爱财取之有道，便假装没看见，走开了。夫差仍不甘心，但对范蠡更加敬佩。

范蠡做生意这件事看似有些怪，因为春秋时期生意人并不是特受人待见。天下攘攘皆为利往，天下熙熙皆为利来，这个道理范蠡应该懂的。顺应天地法则，这种说法很大气，做起生意来又不太辛苦，赚了赔了都很正常。也有人认为，范蠡最终成为商人的原因，是他认为钱多可以避祸。如范蠡自己所说，久受尊名恐怕不祥，我认为说明他极度缺乏安全感，包括散尽家财这种举动。从离开越国，到最后连续换了三个地方，先是去了海边，经营盐业和水产，后来又去了山东定陶，据说他能根据五行更替，算出丰年灾年。

《吴越春秋》讲了一件事，说明了范蠡很早便有经商才能：越王既栖会稽，范蠡等曰："臣窃见会稽之山有鱼池，上下二处，水中有三江四渎之流、九溪六谷之广。上池宜于君王，下池宜于臣民。畜鱼三年，其利可数千万，越国当富盈。

范蠡曾在湖州南浔、无锡五里湖和苏州蠡口等地养鱼。据《南浔镇志》说"南浔有范庄，是范蠡养鱼种竹之所"，传说他在苏州附近养鱼，当地人把养鱼之处称为蠡口。

春秋时期淡水鱼养殖以鲤鱼为主。《诗经》中有"岂其食鱼，必河之鲤"。《养鱼经》里说，鲤鱼跳龙门是吉祥之物。夫子诸侯宴会皆必以鲤，民间宴请无鲤不成席等。后来由于唐室姓李，唐代乾元年间颁布民间不得捕售鲤鱼的规定，捕得鲤鱼者必须放生，如将鲤鱼出售者打六十大板。于是人们又开始养青鱼、草鱼、鲢鱼、鳙鱼。

当然少不了螃蟹，隋炀帝南巡江都时，吴中贡糟蟹、糖蟹供其食用。五代吴越国还设置"蟹户"一职，专管捕蟹事宜。

42.鸱夷子皮

鸱夷子皮是皮囊的意思，一般用于盛酒，因此很容易理解成酒囊饭袋。皮子用的是牛皮或者马皮。有一种说法，西施被杀后，被装在鸱夷子皮投入江中（如果换到现在，很可能是装在一个拉杆箱内），远远看去，就像是一个筏子。伍子胥被赐死后也是装进鸱夷子皮。后来到了齐国做生意，范蠡也给自己也起了一个鸱夷子皮的名字，肯定跟这个有关。

查了一下关于鸱夷子皮的资料：

1.革囊。《战国策·燕策二》："昔者伍子胥说听乎阖闾，故吴王远迹至于郢。夫差弗是也，赐之鸱夷而浮之江。"《史记·伍子胥列传》："吴王闻之大怒，乃取子胥尸盛以鸱夷革，浮之江中。"裴骃集解引应劭曰:"取马革为鸱夷。鸱夷,榼形。"明梁辰鱼《浣纱记·死忠》:"你一死之后,当取汝尸盛以鸱夷之革,浮之江中。"

2. 借指春秋吴伍员。明高启《行路难》诗之二:"钩弋死云阳,鸱夷弃江沙。"

3. 指盛酒器,随身携带,不用时可收叠。《艺文类聚》卷七二引汉扬雄《酒赋》:"鸱夷滑稽,腹如大壶,尽日盛酒,人复借酤。"苏轼:"不持两鸱酒,肯借一车书?"宋司马光《柳溪对雪》诗:"鸱夷赊美酒,油壁系轻车。"清陈维崧《满庭芳·吾邑茶具俱出蜀山暮春泊舟山下漫赋此词》:"看鸱夷扑满,磊磊邱樊。"

4. 即鸱夷子皮。唐杜牧《杜秋娘诗》:"西子下姑苏,一舸逐鸱夷。"冯集梧注:"《史记·货殖传》:范蠡乘扁舟,浮于江湖,变名易姓,适齐为鸱夷子皮。"宋张孝祥《水调歌头》词:"欲酹鸱夷、西子,未辨当年功业,空系五湖船。"郁达夫《留别》诗之二:"鸱夷应笑先生拙,难买轻舟泛五湖。"

5. 拇指。行酒令的手势。

不难看出,鸱夷子皮实际上说的就是水葬,这应该是早年间常年在水边生活的部落逐渐形成的一种葬制,其规格很高,因为不管是用马皮还是牛皮,都不便宜。春秋时期的好马都是来自中亚或者西亚,尤其是淡色皮毛的马,一般都是作为贵人的坐骑,即便是普通的马也是用于打仗,百姓不能饲养。而牛用于耕地,是重要的生产物资,吴越一带应该是水牛。

不管是牛是马，一般都会现杀，主要是为了使皮子有足够的弹性以便包裹尸体并且便于缝纫，而不是用硬撅撅的旧皮子。缝纫的作用相当于密封，为的是不让皮囊内进水，从而不利于尸体的保存。普通人死了则草草包裹一下，直接扔到水里，或者放在木排上任其自生自灭。当然，这仅仅是猜测，没有任何文字或实物依据。

43. 蜉蝣

一次，孔子要去越国，被子贡阻止。

子贡说，老师，我觉得咱们不该去。

孔子听了不高兴，说，他们召我去，难道会让我白跑一趟吗？

于是两人接着往前走。

见到越王勾践后，孔子说，有朋自远方来，不亦乐乎。

子贡听了一愣，觉得老师还挺搞笑，明摆着是咱们找上门的。

勾践倒还客气，说：老师有何见教？

结果果然就是白跑一趟。

有的资料上说，勾践见孔子时旁边站着文种，但此时文种已经死了，于是，勾践身边的人换成范蠡，但范蠡在文种自刎之前已经走了，所以很可能是勾践孤身一人，当然还有他的仪仗。勾践和他的仪仗在郊外苦等孔子，天寒地冻，勾践的胡子都冻冰了，其余的人也瑟瑟发抖。

一个大臣向前：先生不会来了。

勾践：此话何讲？

大臣不语。因为不用说大家都知道，孔子三年前就死了。

此时，勾践突然觉得他的一生都在等待中虚度，等着复仇的机会，等丹乌再次出现，现在又在等孔子，然后还要等天子的册封。

那个大臣说得对，孔子不会来了。勾践心想。

就在勾践就要离开时，孔子出现了，怀抱着一张古琴，后边跟着子贡。

俩人一路踉跄。

勾践趋步向前问候。

就在这时，孔子一眼看见勾践的驷马驾车（马喷着哈气，模样像是在笑，一点儿也不严肃），不禁叹气摇头。勾践显然已经不把天子放在眼里，翟王子羡臣于景公的前车之鉴并没过多久。孔子知道，他这趟又白来了。

关于这次会见，史书上是这么讲的：

越王既已诛忠臣，霸于关东，迁都琅琊，起观台，周七里，以望东海。死士八千人，戈船三百艘。居无几，射求贤士。孔子闻之，从弟子奉先王雅琴礼乐奏于越。越王乃备唐夷之甲，带步光之剑，杖屈卢之矛，出死士以三百人为阵关下。孔子有顷到，越王曰："唯唯，夫子何以教之？"孔子曰："丘能述五帝三王之道，故奏雅琴以献之大王。"越王喟然叹曰："越性脆而愚，水行而山处，以船为车，以楫为马，往若飘风，去则难从，锐兵敢死，越之常也，夫子何说而欲教之？"夫子不答，因辞而去。

后来有人认为，这段文字是不可信的，因为越国灭吴之前孔子已死。文种之死，上距夫子之卒，已八年矣。谓夫子以是年入越，非也。不过，这也说明了一个问题，就是即便在当时，也有人对孔子大不敬。勾践的言辞更是近乎鲁莽，但他在对话中对越人的评价倒是十分精准的。

44.白马

还有一次，孔子和学生子贡在祭腊时在街上闲逛，看到人们都在癫狂，子贡看不下去，对孔子说，太不像样子了，这不很不合乎礼吗？孔子说，非礼勿视。子贡说，那些妓院和酒肆里的人也太那个了。孔子说，劳作了一年，放松几天，不要责怪他们吧。

孔子跟弟子的关系很有意思。谁都知道，孔子的得意门生是颜回，只不过颜回命短，早早就死了。《史记·孔子世家》记载：陈蔡绝粮，孔子知道跟随的弟子们心里有怨言，就把子路、子贡和颜回招拢来问话。结果只有颜回的应答合老夫子的心意，老夫子甚至说，以后颜回有了钱，他就去给颜回当管家。

颜渊对老师的学问当然佩服得五体投地，喟然叹曰：

"仰之弥高，钻之弥坚，瞻之在前，忽焉在后。夫子循循然善诱人，博我以文，约我以礼，欲罢不能。既竭吾才，如有所立卓尔。虽欲从之，末由也已。"（见《论语·子罕》）

孔子谓颜渊曰："用之则行，舍之则藏，惟我与尔有是夫。"（《论语·述而》）

据《韩诗外传》记载，一次孔子带颜回出门旅游，登上鲁国境内的泰山后，师生二人极目千里向东南方向眺望。孔子问颜回有没有看到苏州的阊门。

阊门是苏州古城的西门。

颜回回答道："看到了。"

孔子又问道："门外有什么东西？"

颜回回答道："门外有一匹练，前面有一束生蓝。"

练是洁白的熟绢，生蓝是草料。

孔子听了哈哈大笑道："那不是一匹练，那是一匹白马在吃草呢！"

孔子又问道："你知道为什么用匹来计量马吗？"

颜回哪有老师那么渊博，自然不知道，于是，孔子解释道："在阳光下，马的影子有一匹那么长，也就是长达四丈，故此称马为马匹。"解释完之后，孔子用手挡住了颜回的眼睛，不让他再瞪大眼睛远眺。下山后，颜回的头发都白了，牙齿也脱落了，不久就一病而死。原来孔子是圣人，精力强壮，颜回当然比不上老师，勉强眺望那么远，时间长了精力就承担不了，因此才会力竭而亡。

孔子认为子贡没法跟颜回比。

一次，俩人对话。

子贡曰："我不欲人之加诸我也，吾亦欲无加诸人。"

子曰："赐也，非尔所及也。"

换成今天的话讲，就是你也配，态度实在有些粗暴。

45.麒麟

从前批林批孔，给我的印象就是孔子在推行自己的主张时经常碰壁，后来这种感觉被不断地证实。

《史记·孔子世家》齐景公向孔子询问为政之道，孔子笼而统之地说："君君臣臣，父父子子。"齐景公想了想，说："好啊，不然再多的粮食也不够吃。"齐景公一高兴，打算把尼溪的田地封给孔子，遭到了晏婴的劝阻。晏婴的理由是："儒者圆滑善变，不能用法来约束他们；高傲而且自以为是，很难把他们作为臣下驾驭；推重丧事，竭尽哀伤之能事，不惜破产追求厚葬；到处游说求取官禄，不能让他们治理国家。自从大圣大贤去世以后，周室已经衰微，礼乐制度残缺毁坏也有很长一段时间了。如今孔子过分讲究仪容服饰，刻意追求各种规矩，这些繁文缛节几代人都学不完，一辈子都弄不清楚。国君想用这些东西来改变齐国的风俗，恐怕不是引导百姓最好的方法。"

孔子的挑剔是有名的，鱼不新鲜，肉已变质或者切割的不端正，孔子都不吃。在有丧事的旁边吃饭，孔子从来没吃饱过。但孔子一直坚持自己的志向，也从不辱没自己的人格。晏婴最看不惯的，就是孔子太事儿，食不厌精，脍不厌细。别说自己不下厨房，就是见了厨师也躲得远远的，说什么君子远庖厨。其实，所谓的食不厌精脍不厌细，指的是对祭祀的要求。不知道晏婴是真不知道，还是故作曲解。

此后，景公只是很有礼貌地接见孔子，不再向他询问礼仪方面的事情。有一天，景公劝留孔子说："给你季氏那样的待遇，我做不到。"就用上下卿之间的礼节来对待孔子。景公说的季氏□□后来做了齐国的大夫想害孔子，孔子听说了。齐景公说："我老了，不能任用你了。"孔子于是离开齐国，回到鲁国。

鲁哀公十四年春天，在大野之地打猎。叔孙氏的车夫钮商猎获了一头异兽，认为不吉利。孔子看了说："这是麒麟。"于是便拿走了。孔子于鲁哀公十六年四月己丑日去世，他的传世之作《春秋》，据说是根据鲁国的历史记录整理撰写的，上起鲁隐公，下至鲁哀公十四年，记载了鲁国的十二位国君。以鲁国的历史文献为依据，尊奉周室为正统，同时借鉴殷代的旧制，上推并继承三代的法统，文辞简约而蕴意广博。所以吴、楚的国君自称为王，而《春秋》则贬称他们为子。践土会盟实际上是晋君召周天子去的，而《春秋》却隐讳地说"天子周王巡狩来到河阳"。以此类推，用来校正当时的非礼和悖逆行为。

得知孔子去世，勾践独自来到荒野，白昼秉烛。

46. 祭肉

《吴越春秋》记载，越灭吴后，勾践乃使使号令齐、楚、秦、晋等皆辅周室，血盟而去。秦桓公不从越王之命，勾践乃选吴越将士，西渡河以攻秦，军士苦之。会秦怖惧，逆自引咎，越乃还军。军人悦乐，遂作《河梁之诗》。之后，周元王派人赐勾践祭肉，表示对他的认同，同时又命他为侯伯。

虽然终于得到了周王室的认同，但在天子眼里，自己不过就是一个伯。想到这儿，勾践心中难免有些愤愤不平。但是他知道，要想取代天子是不可能的。

勾践率军返回江南，将淮上地还给楚国，归还从宋国侵略的土地，给鲁国泗上土地方百里。越军横行于长江、淮河之间，诸侯朝贺，俨然又是一位霸主。礼乐征伐自诸侯出，进而陪臣执国命的春秋就这样进入了战国。其情形确实如孟子说："世道衰微，邪说暴行有作，臣弑其君者有之，子弑其父者有之。"（《孟子·滕文公下》）。仅春秋时期，就"弑君三十六，亡国五十二，诸侯奔走不得保其社稷者不可胜数"（《史记·太史公自序》）。

关于祭肉，指的是祭祀时供奉之肉，主要是牛羊豕。当然，鱼、兔和其他野味也可用于祭祀，但跟牛羊豕不同，不算是"牺牲"。古代用肉食祭祀，说明当时的肉食十分珍贵难得，孟子就把七十岁能吃上肉当作自己的人生理想。

《史记·晋世家第九》讲过这么一个故事：二十一年，骊姬对太子说："国君梦见齐姜，太子赶快到曲沃去祭祀，然后把祭肉献给国君。"太子于是在曲沃祭祀自己的母亲齐姜，把祭祀用的祭肉送给了献公。献公当时正外出打猎，就把祭肉放在宫中。骊姬派人把毒药放在祭肉里面。过了两天，献公打猎回来，厨师把祭肉献给献公。献公将要食用，骊姬在旁边阻止了他，说："祭肉从远方而来，应该检验一下。"把祭肉放在地上，地面隆起；喂给狗吃，狗立即死去；给小宦官吃，小宦官也立即死了。骊姬哭道："太子好狠心啊，连他的父亲都想杀死并取而代之，何况是别人呢。国君已经老了，早晚要死的，太子竟然如此迫不及待。"太子听说后又惊又怕，连夜逃往新城。献公大怒，于是杀了太子的师傅杜原款。有人对太子说："投放毒药的是骊姬，太子为什么不自己说清楚？"太子说："君父已经老了，没有骊姬，就会睡不好吃不香。"又有人说："太子可以投奔别的国家。"太子说："顶着这种恶名出逃，谁会接纳我？我只有自杀。"十二月戊申日，太子申生在新城自杀。

勾践一时想不起来，上次周王室祭祀是在什么时候，但是按规定，祭肉应该在三日内吃完，否则就是对天子的大不敬。他没有把祭肉喂狗，他只是嫌天子的祭肉没太烹熟，味道稍微有些哈喇（当然还没到变质的程度），而且来得有些晚了。

琉器

道不行　乘槎浮于海

——孔子

一. 苏州

1. 吴音

我乘坐G101次高铁，从北京南出发至苏州，到苏州时是十二点十二分，路途将近五个钟头，这是我乘坐高铁的极限，时间再长就不舒服了。这五个钟头不同于待在家里，也不同于在公园走路，虽然一直坐着，但产生的疲劳是难以形容的。

我曾经想过人在火车上为什么容易犯困，就像是被人施了催眠术，刚开始还以为是火车的节奏，但那是蒸汽火车年代，如果觉得憋闷还可以打开车窗。现在不同了，这是一种看不见的消耗，人身体里的能量主要都分散在列车的动力中。尽管车厢是封闭的，但你能感觉到你的身体跟空气摩擦时所产生的巨大的磁场。

苏州站等出租不用排队，乘车的加我一共才有三人，如果顺路的话，完全可以挤一辆。而北京南站的人永远是那么多，一般情况下，等一辆出租一般要花半个钟头。

拉我那辆车的司机是个典型的南方中年男子，精致消瘦。他一路都在聚精会神地听苏州评弹，先是一个男的连说带唱，后来又加进来一个女的，俩人便开始打情骂俏。虽然一句都听不懂，但还是能听出即便不是夫妻，俩人的关系也不一般。评弹是评话和弹词的合称，类似说书，虽然偶尔流俗，却也是为了娱心和劝善，言语敏捷，曲调也算得上委婉动听。

在上世纪二十年代，顾颉刚在收集吴歌的过程中，对吴音做过详细的研究和考据。据他看来，吴音没有翘舌叶音，所以庄出床山读像精清从心邪，乃改翘舌叶为平舌叶，自齿槽移向前面齿龈处成阻。照穿乘审禅读像精清从心邪的圆唇，也是没有翘舌叶声，改作平舌叶而忽变其唇之状态，舌亦自硬腭移前近齿了。凡吴声均无舌叶舌尖抵硬腭阻的，所依知彻澄也依舌尖与最易成阻处所相阻而读为tztsz。

这样总看起来，吴音的声的因素在口腔前部成阻的多，所以吴音的韵的因素也就是舌前韵和升韵多了。于是吴语变成了那一片娇声，全是舌头前部的灵活和舌前韵升韵和谐的自来腔。或者也可以说，因为吴人多舌前和舌升的韵，声也就多发舌尖舌前的。

另有史料载，古时吴人谓罢，必缀一休字，古曰罢休。《史记》中载，吴王语孙武曰，将军罢休。盖亦古有此语。

因上述考据过于专业，我也只好生搬硬套、照本宣科了。想到马上就要吃午饭，我问司机苏州里有什么特色美食，他建议我去观前街（音）吃松鼠桂鱼。我问他具体观前街的哪家餐馆，他说那条街有很多餐馆。再问还有没有其他好吃的菜，可能是嫌我啰嗦影响他听评弹，他只是说到时候餐馆的服务生自然会推荐。我讨了个没趣，觉得还是先在老城住下，再从长计议。

2. 七里山塘

在留园边上一家酒店办好入住手续后，便去山塘街闲逛。山塘街始于阊门的北浩弄，朝着西北方一路蜿蜒，经虎丘正山门，直至西山庙桥。整条街长约三点二五公里，俗称七里山塘。它始建于唐代。

山塘街边上是山塘河，河街并行，也许这就是书中所说的伍子胥三横四直水陆并行的棋盘格局吧，它远比想象中的复杂。城内遍布宫室、花园、寺庙、茶室、酒楼、河道、桥梁，让我一时无所适从。之前也去过几处江南水乡，如周庄、南浔等，但都不如山塘街这般交错。

街上开着各种小铺中有玉函堂后花园、桃花坞木刻年画展示馆、昆曲馆以及游船码头等。此外，还有一家卖龙泉宝剑的商铺。龙泉剑最早于春秋时期由欧冶子所铸。龙泉本来叫龙渊，唐时避高祖讳而改名龙泉。据说，当地有一个奇人复制出了越王勾践剑，春秋时期，讲究以剑定天下。而龙泉剑了不起之处，就是对水和铁砂的使用，从此，铁器开始取代青铜。

看到一家子冈玉坊和一家丝绸庄，但就是没有我想看的花神庙。

水路棋盘格局不光是姑苏城，邺城安阳北郊就有一座。始筑于齐桓公时。《管子·小匡·二十》："齐桓公筑五鹿、中牟、邺、盖、牡丘，以卫诸夏之地。"城内也是沟渠纵横，水系发达。人们行走在城中，感觉就像是置身于已经被设计好了的宇宙中。而每个人就是大宇宙中的小宇宙，买菜的时候跟小商小贩吵架了（或者一个鸡蛋掉在地上），就算是一次小小的宇宙爆发。如果吵架到半截孔子出现了，大家就会言归于好。

其实，类似的棋盘格局（但未必是水陆）在被发掘的七千年前的双墩遗址就已经成形了，有兴趣的可以找来考古简报读读。据认为这种建筑格局源于古人对天体的认识，在双墩发现的大量陶器的底部，刻画着很多难以辨识的符号，是远古人类留给后人的天书。

快到一点钟时，在五芳斋花十六块钱点了一份砂锅咸泡饭。泡饭里有小白菜、豆干、豆泡、笋丝、胡萝卜丝、木耳等，内容比上海的菜泡饭略复杂。味道还算清淡，吃着有点儿像病号饭，倒是符合我的健康状况。出门前舌头上就长了口腔溃疡，另外，颈椎也不太好使。这两样都来得不是时候，因为口腔溃疡不能吃好吃的；颈椎出毛病影响东张西望，看似问题不大，实际上会令出行的效果大打折扣。

一砂锅粥显然吃不饱，我又要了一个小笼（里头有四个很小的包子）。本来还想喝一碗芦根鸡头米赤豆糖粥，可是又觉得已经有点儿撑了。知道鸡头米还是小时候看京剧《沙家浜》，这么多年鸡头米没被新四军伤病员吃光，可见这种水生植物生命力之顽强。虽然南方出水稻，但大米不如北方的好吃（比如天津小站米或者盘锦大米）。有人总结，主要是因为他们吃的是三季稻，日照时间太短。加上比较会过日子，舍不得扔掉剩菜剩饭，所以才会出现各种各样的菜泡饭。

吴歌《梁惠王》中这样提到山塘：

梁惠王

两只膀

荡来荡，

荡到山塘上；

吃子一碗绿豆汤。

（见顾颉刚《吴歌甲集》，但为什么是梁惠王呢？）

3. 吴者减钟

前几年来苏州时，跟荣岩来过一次苏州博物馆，记得荣岩对贝氏的设计推崇至极。这两年逐渐对苏州园林反胃，也就不觉得那么新鲜了。

这次来主要是想看传说中的吴者减钟和窃曲纹鼎，但没有看到（更没看到珍贵的六千年前的稻谷）。问博物馆工作人员，她们说前段时间刚撤展。我说这几件青铜器不是作为博物馆的馆藏常年展出的吗？她们面面相觑，不知道我在说什么。其实她们说的那个展览，应该是二〇一三年十月份开始的吴国王室青铜器特展，展品中有吴太子姑发剑（即吴王诸樊），是吴越四大名剑之一。在目前出土的吴越王剑中，年代最早的就是吴太子姑发剑，于一九五九年安徽淮南蔡家岗赵家孤堆二号墓（即蔡声侯产墓）出土，同时出土的还有一件夫差戈。蔡声侯产即位（前四七一年）前两年（前四七三）十一月，吴已被越所灭。声侯十五年（前四五七）卒。也就是说，蔡声侯死于吴亡以后十七年。而其墓内仍埋有诸樊剑与夫差戈，这可能由于蔡、吴曾有联姻之好，过从密切，吴未亡前有此两件兵器由吴赠与蔡，或是吴亡后吴王室后人逃难投奔时携带入蔡。

展品中的另一件器物便是于一九八三年在湖北江陵马山五号墓中出土的一件吴王夫差自用矛，此矛冶铸精良，保存完好，是现存吴王夫差矛中最好的一件。可是出土这件宝物的墓葬却是个中小型土坑墓，棺椁腐朽无存，从墓葬形制、葬俗特点分析，应属战国时期楚墓。而越王勾践剑就是在两公里外的湖北江陵望山一号楚墓中出土的。

最奇怪的是，苏州博物馆虽然有足够的空间，却把玉器跟青铜器合为一个展厅。展品中有真山吴王墓、严山窖藏出土的吴国王室玉器，虎丘春秋墓出土的提梁盉鼎以及何山东周墓出土的楚途盉等一批文物。展厅门口有一块触摸屏幕，有大概不到十件青铜器可以随意放大、翻转，但是我要看的那两件也不在其中，而且就算触摸屏再方便，也感觉不到青铜器那种沉甸甸的重量以及质感。倒是可以满足大多数参观者的好奇心，感觉可以亲自上手。

曲窃纹又叫窃曲纹。春秋中晚期青铜器上（也有人认为始于西周晚期）由一种两端回钩的或S形的线条构成的扁长图案，中间常填目纹，盛行于春秋战国。《文物》二〇〇九年第四期有一篇《青铜器窃曲纹的来源及分型》（署名张德良）的文章中，将其大体归纳为长尾鸟纹、象鼻龙纹或者是饕餮纹变形，但又不能简单地看作装饰纹样。

玉器部分，出自严山东麓出土吴国王室玉器窖藏部分多为装饰玉，其中有鹦鹉首拱形玉饰。严山玉器，装饰玉。从发掘情况看，当为越灭吴时，由吴国王室成员匆忙埋入。还有在苏州浒墅关发掘的真山葬玉，面饰，珠襦，玉甲饰，被称为玉殓葬。

关于这批玉器的出土情况，当地的《姑苏晚报》曾有过详尽的报道。

二〇〇九年秋季以来，由中国社会科学院考古研究所和苏州市考古研究所组成的联合考古队，对苏州西部山区及周边地区的先秦时期遗存进行了综合考古调查。发掘土墩遗存二百三十五处，其中数百米以上的长条形土墩应是古代城墙；确定五处古代遗址，即马巷上石器作坊遗址、南野竹制陶遗址、廖里村遗址、横泾郎遗迹、上堰头遗迹。另外，在木渎盆地内城址的正北方，存在着大量的东周时期土墩墓和石室土墩墓，其中有许多是高等级墓葬，如真山、阳宝山、树山大墓等，以及严山玉器窖藏。

可初步认定在今天苏州西南部山区木渎、胥口一带山间盆地内，曾经存在过一座春秋晚期具有都邑性质的超大型城址。到目前为止，这是我国南方地区发现的东周时期最大的一个城址。有人推测，如果这正是人们苦苦追寻的吴国都城，将会揭开"泰伯奔吴"之吴到底居何方这个历史谜题。

《文物》一九九六年第二期中有一篇《江苏苏州浒墅关真山大墓的发掘》（署名苏州博物馆），详细介绍了在D9M1墓葬中所发掘的随葬物，特别是玉覆面组合中的一对虎形玉饰。指出，整个虎作俯卧状，垂首，拱背，卷尾，首尾各一小孔，收足。这种造型既不同于西周晚期虢国墓地M2006出土2式虎的奔跑状，也不同于战国早期绍兴306号墓出土虎的行走状，而略同于春秋早期黄君孟夫妇墓出土的2式虎，与河南淅川县下寺一号春秋墓出土的一对虎形状也基本相同，但纹饰较之精美，时代也较之为早。

说到吴者减钟，据考是第十五世吴王皮然（即柯转）的儿子者减为自己制作的，是迄今为止发现的最早的吴国王室青铜器，最有影响的有十一枚，上面的铭文记述了太伯（即泰伯）奔吴的经过。关于这个话题，顾颉刚在《吴都江西》一则笔记中认为，江西临江府出土者减钟十一枚，春秋初年古句吴地域远在江西，则其迁江苏殆在春秋中叶，太伯、仲雍墓不足信也。又说，江西新建县北一百八十里有吴城镇，当赣江入湖之口，疑当时吴都即在此。其傍鄱阳湖犹之迁苏后傍太湖也。疑吴始立于江、汉，其后迁于鄱阳湖滨，最后乃迁至无锡、苏州也。

想到勾践灭吴后，将吴国太子吴鸿流放至江西婺源，其后来繁衍发展成今日江西吴姓中最古老的一支，恐怕也不是偶然的了。有学者认为，泰伯奔吴后建立勾吴国的直接结果，就是使原属同一形态同气同俗的土著居民开始互相争斗，上演了春秋后期一出惊天动地的戏码。

4. 阊门和胥门

吴城，旧传吴王阖闾时子胥所筑，故名阖闾城。《吴越春秋》谓"子胥伐楚还师，取丹阳及黄渎土以筑"，利其坚也。城形如亚字，世俗不知，以为龟形。本土城也，梁龙德中，钱氏加以陶甓，至元三十一年重修筑之，甓上岁月工匠皆具，盖土坯皆澄浆为之，欲其坚久固也。

阊门，旧名阖闾门，阖闾时所名也，旧有重楼阁道，吴之丽谯也。夫差从此门出兵伐楚，改为破楚门。吴属楚，遂名阊门。至元修，曰金昌门，作亭门内，名金昌亭。然吴人呼阊门已久，不能遽改，名之如故，亭亦圮焉。

阊门是一座高大的水陆城门，说当年孔子在泰山能望到这儿也是有可能的。阊门是陆路，能并排走两辆公交车，而这条路就叫阊胥路。阊门还专门有个走水路的门洞，可以走船。据说这种设计是为了便于攻防，吴军一般都是从这个门进出。阊门旁边还有两个小城门洞，估计是方便百姓平时进出。不管是陆门还是水门，现在都只留有门洞而不见城门了。城门外边上有一个碑亭，石碑上写着"气通阊阖"四个大字。在过去阊门被称为红尘中一二等富贵风流之地，现在早已繁华不在了，城门外道路两侧的商铺以及民房甚至显得有些破旧。

阊的意思是开启，阖的意思是藏闭。据说伍子胥当年筑城时，在南面东南方向两处大小城门上，装饰了两只龙角样的东西和一条蛇一样的东西，蛇头的方向面北。龙象征着吴国，因为吴国的方位在辰（传说吴国人很迷信，尤其怕龙，所以他们从来不在河里洗马，怕马被神龙吃掉）。越国的方位在巳，蛇首向北，意思是越国早晚要臣服于吴国。

东门是从来不开的，因为对着越国，越绝的意思就是从这儿来的。难怪当年伍子胥伏剑时要把自己的脑袋挂在东门，他要看越人如何打过来。

后来我又去看了胥门，其规格比阊门要小很多，只有一个城门洞。城门旁边的广场上，竖着一个伍子胥的雕像，他捻着胡子，凝视远方。再往前不远处，是一个码头。史料记载，胥门，伍子胥宅在其旁，《吴地记》云，石碑见在、今亡。此门出太湖道也，今水陆二门皆塞，而新姑苏台馆乃据其上。

过去苏州的八大城门，现在只剩下三个，最著名的是盘门，在一个景区里，进去要收门票。本来时间就赶，我也懒得去看了。其实，八大城门中我最想看的是娄门，只因为"娄门外，鸡陂墟者，吴王牧鸡处"这句话。再有就是蛇门，《拾遗记》记载：及越兵入国，（吴王）乃抱二女以逃吴苑。

越军乱入，见二女在树下，皆言神女，望而不敢侵。今吴城蛇门内有朽株，尚为祠神女之处。

阊阖门不止苏州有，北魏时期的洛阳也有阊阖门。

《洛阳珈蓝记》中说永宁寺在宫前阊阖门南一里御道西。阊阖门前吴集证本无前字。御道东，有左卫府。府南有司徒府。司徒府吴琯本、汉魏本司徒府三字不重。南有国子学堂，内有孔丘像，颜渊问仁、子路问政在侧。

《水经注异闻录》在"厄戎"一条中说，阊阖门，汉之上西门也。《汉宫记》曰：上西门，所以不纯白者，汉家厄于戎，故以丹镂之。在"仰帐"一条中说，王有五门，谓：皋门，库门，雉门，应门，路门；一曰毕门，亦曰虎门也。魏明帝上法太极，于洛阳南宫，起太极殿于汉崇德殿故处。改雉门为阊阖门。

5. 藏书羊肉

傍晚，又回到山塘街，犹豫是吃肉骨烧还是吃藏书羊肉。苏州街头有很多肉骨烧小摊，烧扇骨、烧猪蹄、烧兔腿，最有名的一家叫赵元章，但又觉得这些东西有些像小吃或者零食。犹豫来犹豫去，最后还是决定去吃藏书羊肉。主要是觉得这家餐馆的名字有些怪异，加上天气突然变得阴冷，一碗羊肉面正好可以果腹驱寒。

藏书羊肉馆的全称叫潘记藏书羊肉老店。点了一碗羊肉面外加一份羊脑，羊脑十块钱，如膏如脂，好吃的无以复加，之前从来没吃过如此新鲜的。一碗小碗的羊肉面也只要十五块钱，北京海碗居一碗炸酱面还要二十六块呢。

这家面馆的羊肉极嫩，量大不说，而且吃着不膻，关键吃不出佐料味儿，像是用白水煮的。此外，这家餐馆还有羊肉火锅、羊肝炒大蒜、白切羊肉、红烧羊排、红烧羊蹄以及羊脑血汤等。一个人吃不下，只好等下次多叫几个人。

一开始搞不明白藏书和羊肉有什么关系，一打听才知道藏书是苏州边上的一个小镇。开店的是一对中年夫妇，说话口音很重。奇怪的是不但听他们说话吃力，我说的普通话他们似乎也听不太懂。本以为普通话放之四海而皆准，原来到了外地也不灵，当地人总是愿意用当地方言跟本地人交流。从这个意义上讲，这么多年来推广普通话的努力是失败的。

6. 灵岩山

第二天一大早便去了木渎镇，因为路不太好走，十五公里走了将近四十分钟。

木渎镇有一条叫明清北街的老街，实际就是一条胡同或者窄巷，而且是翻新的。把口有一个牌楼，上面有一副对联：人游在街心画含天韵，木塞于渎口碑勒镇名。说的是当年越国从水路给吴国送木头，因为木头太多，到了这儿全都淤了。

因为刚刚六点多钟，老街的店铺还没开门。于是进到一家观振兴面馆，点了一个肉包子外加一碗鳝丝面。老板是个胖子，样子好像还没睡醒。刚开始我只想要一个包子，他眼皮也不抬，说，一个包子怎么好吃（其实那个肉包子很大，足足有二两）。等于那碗面是后加的，结果包子和面条都剩下了。

结账的时候，问胖老板马路对面是什么山，他说是灵岩山，西施住的地方。我说你怎么知道西施住过，他的口气顿时变得含糊，说上去看看就知道了，出了门上三岔路再往右转一刻钟就到。

资料上说，灵岩山在苏州南十五公里，旧多奇石，灵芝石为最，故名灵岩。灵岩寺为春秋吴王夫差馆娃宫故址。自东晋司空陆玩舍宅为寺，梁武帝天监中复增拓之。老远处便能看到山顶上的钟楼和多宝佛塔。灵岩山不太高，也就四百多米。不想爬可以乘坐滑竿，一百五十元一位。像我这样体重的也可能要二百也说不定。

《吴郡志》记载的更为详尽：灵岩山即古石鼓山，又名砚石山，董监《吴地记》案：《郡国志》曰，吴王离宫，在石鼓山，越王献西施于此山。山有石马，望之如人骑。南有石鼓，鸣则兵起。山顶之池有葵莼，夏能去热，秋则去寒，吴中每年暴干贡进，其池至旱不竭，葵莼今不复采。琴台下有大偃松身卧于地，两头崛起，交荫如盖，不见根之所自出，吴人以为奇赏。彼年雷震，一枝已瘁。山下，平瞰太湖及洞庭两山，滴翠丛碧，在白银世界中，亦宇内绝景。山前十里

133

有采香径，斜横如卧剑云。梁天监中，始置秀峰寺，今为显亲崇报禅院，余在寺门。

山上不收门票，但是进灵岩寺要花五块钱。灵岩山寺是佛教净土宗道场之一，一进门便是一个素面馆，后悔在山下不该早早把早餐吃了。围着多宝佛塔转了一圈，又来到灵岩寺花园，看到石凳上有两个年长的僧人在聊天（年轻僧人则走起路来健步如飞）。花园里有两口井，其中一口是吴王井（另一口是智积井），井里有水而且似乎很深，能听见淙淙的流水声，井里养着金鱼，井口用一个铁丝网罩着。古书上是这么记载的：更北上西折，有二井，大盈丈。八角者以形名，圆者为琉璃井。

再往里走有一座假山，上面有个亭子，据说是西施的梳妆台，原来古代美女都不在屋里化妆，而是喜欢在众目睽睽之下梳妆打扮。

花园里还有一个玩花池和玩月池（传说中的水镜，《吴郡志》中所说的葵莼便出自这里），花园外面还有一个听琴台。我对古琴不是太懂，便没去看。总的来说，亲眼所见跟想象中的馆娃宫有些对不上号。一只花猫卧在一棵树下，给它拍照也没反应，想必是悟道了。

明代华钥《吴中胜记》载：己亥，放舟木渎，纵步灵岩之阳，遥见塔影，上下怪石丛立，不可名状。而白路起伏如蛇形，达其顶，顶则窿然小也，其下一溪达太湖，则如矢疾而直也。予呼僧道之，三里抵韩蕲王墓。僧曰：此山乃吴王与西施游地，即馆娃宫也，然响屐廊诸说盖无所稽也。夫西施者，苎萝山鬻薪之女，越王使善相者得之，饰以罗縠（縠：有绉纹的纱），教以容步，习于土城，临于都巷，三年学服而献于吴，吴以亡国，如僧所云，固其遗臭也。

7. 穹窿山

从灵岩山下来，又打车去穹窿山。两山相距不远，乘出租也就是一个起步价。途中经过藏书镇，出租司机说藏书不产羊，这个地方只是烧羊肉远近闻名。羊都是从苏北、山东等地运来的。藏书烧羊肉有很长的历史了，镇上羊肉铺一家挨着一家，据说还有一个很大的羊肉集市。

穹窿山的高度跟灵岩山差不多，也就四百多米，也可能更高点儿。虽然还算平缓，爬的时候仍有些吃力，毕竟一上午连爬两座山，对我来说强度有些大。

远远望去，穹窿山确实像是倒扣着的天穹。其实天穹什么样我也不清楚，只觉得应该是弯曲的。山上有一座上真观，应该是一座道观，但没看到道士，于是便在三茅峰的望湖亭眺望了一下太湖。这天虽然有太阳，但空气质量不好，眼前的太湖一片模糊不清。

孙武苑在山的另一侧的山脚下，整座草堂依山而建，一共有五个茅草屋，院内以及四周围种着朴树、板栗、银杏和香樟，树龄在一百至三百年不等。屋内设有床、凳子、蓑衣、锄头等，其中一间应该是厨房，盘子里摆着一条鱼和两只烧鸡，当然是蜡做的模型，是名副其实的蜡肉。因为摆放的时间太久，上面已蒙上厚厚的一层灰尘。

最重的一间叫茅蓬坞，孙武曾经在此写下了《孙子兵法十三篇》。屋里有一尊孙武的雕像，只见他老先生盘腿而坐，一只手里拿着一杆毛笔，另一只手里握着一卷竹简。

上了高台阶是一处更为宽敞的院落，一间陈列室里展出的都是一些研究孙子兵法的成果，其中一本书的书名叫《挑灯看剑》。我突然领悟，原来古人并不是像人们想象的那样，动不动就把剑拿出来给人显摆，而是于夜深人静时拿出来一个人在灯下欣赏。

孙武是齐国人，早年间也是避乱奔吴。他写兵法时也就二十多岁，也未免太早熟了。这让我想起一个多小时前，在山顶上的上真观内厕所门上看到的一只巨大的毒蚊子。人在深山住久了，便容易走极端，不是消极避世，就是琢磨着如何算计别人。

在国家博物馆常年展出的展品中就有《孙子兵法》竹简（复制品），它们于一九七二年在山东临沂银雀山出土。展品标签说明，《孙子兵法》是世界上现存最古老的兵书，为兵家孙子学派军事思想和战争经验的总结。作者相传为春秋末年齐国军事家孙武，实际成书时间应该在战国时期。也就是说，书中的很多战术，比如兵无常势水无常形，能因敌变化而取胜者谓之神，再比如不战而屈人之兵等，很可能在春秋时期都没能派上用场。

8. 银鱼涨蛋

午饭是在虎丘对面一家叫好人好缘的餐馆里吃的，我点了一份银鱼涨蛋，五十六块钱。原来银鱼的价格如此之贵，居然直超虾仁。但是如果不吃太湖三白，怎么好意思说自己来过太湖。太湖三白指的是太湖产的白鱼、银鱼和白虾，其中银鱼又有大银鱼和小银鱼之分。大银鱼即吴王烩残鱼，眼睛是黑的，而小银鱼的眼睛是红的。银鱼涨蛋应该用的是小银鱼，之前在家里试着做过两次，都不太成功，总感觉银鱼不熟。据说古代无锡人多用大银鱼晒成脯鲞，远携四方。

不知道吴王烩残鱼的出处是从哪里来的，但是在一本书中读到一个关于吴王鱼典故，说的是伍子胥伐楚，除了鞭尸楚平王，羞辱楚国君臣的妻室外，并没有取得预期的成就。为了安抚伍子胥，吴王阖闾亲自跑到西门迎接。吴王给伍子胥敬了三杯酒，并把几天前他亲自炙的鱼命人献给伍子胥。因为时间过长，鱼已经变臭，但伍子胥为了给吴王的面子，还是把它吃了。这种带有臭味的吴王鱼从此流传下来了。

后来听岳岱讲，传统的太湖三白之外还有琼鱼、湖鳝和激浪鱼。太湖其实还有一白即白螺丝，据说十只螺丝里只有一只是白的，如果不是养殖出来的，那一定是得了白化病了。

关于白鱼，《长物志》有这样一则：蓝鱼，白鱼，蓝如翠，白如雪，迫而视之，肠胃俱见。此即朱鱼别种，亦甚贵。

《吴郡志》也载：白鱼，出太湖者为胜，旧说，此鱼于湖侧浅水菰蒲之上产子，民得采之，随时贡入洛阳。吴人以芒种日谓之入梅，梅后十五日谓之入时，白鱼于是盛出，谓之时里白。关于白鱼籽，又称白鱼种子，隋大业六年，吴郡贡入洛京，敕付西苑内海中，以草把别迁，著水十数日，即生小鱼。取鱼子法，侯夏至前三五日，日暮时，白鱼长四五尺者，群集湖畔浅水中，有菰蒋处产子，著菰蒋上，三更产竟散去，渔人刈取草之有鱼子著上者，曝干为把，故洛苑有白鱼。

但最有趣的，还是有关河豚的记载：河豚鱼，世传以为有毒，能杀人。鱼无颊无鳞，与目能开合及作声者，有毒。而河豚备此四五者，故人畏之。此鱼自有二种，色淡黑有纹点，谓之斑子，尤毒，然人甚贵之。吴人春初会客，有此鱼则为盛会，晨朝烹之，羹成候客至，率再温之以进，云尤美。或云其子不可食，其子大如一粟，浸之经宿，则如弹圆。又云中其毒者，水调炒槐花末及龙脑水至宝丹，皆可解。橄榄子亦解鱼毒，故羹中多用之。反乌头、附子、荆芥、诸风药，服此等药而食河豚，及食河豚而后即服药，皆致死。苏文定公辙尝记吴人丁鹭因食河豚而死，以为世戒。

另有史料载，吴俗以斗数鱼，今以二斤半为一斗，买卖者多为论斗，自唐至今（宋）如此。

说回银鱼涨蛋，做法比烹河豚就简单多了，主要材料就是银鱼和鸡蛋，比例为1:1.5（当然这也不是绝对的，爱吃哪种可以多放），外加葱、姜、盐以及醋或者料酒（为了去腥），银鱼和鸡蛋加入调料打匀后倒进烧热的油锅里翻炒几下就行了。据说做这道菜的关键技术在于翻锅，只有如此才会使银鱼受热均匀，毕竟银鱼不能生吃。但我翻不好，经常把菜翻到地上。这种低级错误，已然超出烹饪范围了。

我把我点的那道银鱼涨蛋发到微信，当即有朋友提醒我小心旅游景点宰客，我却天真地认为，银鱼涨蛋就应该这个价，银鱼再普通，也是三白之一啊。果然，吃晚饭时浏览菜单，发现它们的银鱼涨蛋是十八元一份。想不到中午那家店对鄙人如此痛下杀手。

9. 虎丘

史载吴王夫差葬父阖闾于此，经三日有白虎踞其上因名虎丘，又因丘如蹲虎而名。但是，阖闾墓具体埋在虎丘的什么地方，又是众说纷纭。之前还有另外一则关于白虎的传说，可见春秋战国时期，白虎在苏州一带经常出没。兹录于下：许市，去吴县西二十五里，旧传秦始皇帝求吴王名剑，白虎踞其上，帝刺之，虎西走二十五里而没，地裂为池，因名其地曰虎缪。《吴郡志》卷三十九也说，吴王阖闾墓在虎丘山剑池下。《吴越春秋》云，阖闾葬于国西北虎丘，穿土为山，积壤为丘，发五郡之士十万人共治千里，使象挞土凿池，四周水深丈余，铜椁三重，澒水银为池，池广六十步，黄金珠玉为凫雁，扁诸之剑鱼肠三千在焉。葬之三日，金精上扬，为白虎踞坟，故曰虎丘。

虎丘门票六十块钱，旺季时八十块钱。遍地都是香樟树籽，踩在脚下啪啪作响。最先看到的是云岩寺塔（俗称虎丘塔），走到近处发现正在修缮，周围搭着钢架。这座塔始建于五代周显德六年（公元九五九年），建成于宋建隆二年（公元九六一年），为七层八面仿木结构楼阁式砖塔。据说建塔时挖塔基，发现了一枚舍利，"空中天乐，众皆闻之，并吼三日"。

剑池两崖壁立，中涵石泉终年不涸，我试着从上面往下看了看，不禁一阵眩晕，身上的真气险些被吸走。如果真像传说中的那样，阖闾就葬在剑池下面，所以才如此寒气逼人倒是有可能。但是否有三千把剑陪葬，就难说了。《吴郡志》里有一则异闻，说的是阖闾剑的去向：吴王阖闾得鱼肠、磐郢、湛卢三宝剑于越，传记纪剑事颇怪。《吴越春秋》云，阖闾失道，湛卢去，而水行以如楚，楚昭王卧而寤，得剑于床，召风湖子问焉。风湖子曰：此谓湛卢之剑，吴王得越所献三宝剑，一曰鱼肠，二曰磐郢，三曰湛卢。鱼肠已用杀吴王僚，磐郢以送其死女，今湛卢则入楚也。昔越王元常，使欧冶子造剑五枚，以示薛烛。烛曰：鱼肠剑逆理不顺不可服，故阖闾以杀王僚。磐郢亦豪曹不法之物，无益于人，故以送死。湛卢五金之英，太阳之精，寄气托灵，出之有神，伏之有威，可以折冲。然人君有逆理之谋，其剑则出，故去无道以就有道也。

阖闾墓近乎迷宫式的防盗措施不是多余的，春秋时期就出现了盗墓现象，真山大墓便是一例。一九九五年进行发掘时，便发现了一条长十八米、宽三米由东向西出现在墓的东部顶部并直通墓室的盗沟。在随后进行的清理中，发现了不少玉器、玛瑙、水晶等器物，可就是没有青铜器，甚至连因为锈蚀而掉落在土壤中的青铜屑都没有。这样一位享用到了玉殓葬规格的王侯级人物，不可能连一件青铜器都没有随葬，答案显然是青铜器被盗，而且是在还没有来得及锈蚀的时候。考虑到吴楚、吴越之间几乎征战不断的历史，这次盗墓应该是报复性盗掘。

这个阖闾很有必要说一下，吴王僚十二年（公元前五一五年），楚平王去世，吴国派军队进攻楚国，又派季札出使鲁国，借以观察中原诸侯国的动向。这时吴国的军队大都集中在攻楚的前线，国内军力空虚，公子光便认为是他夺取王位的大好时机，于是派伍子胥物色的武士专诸，刺死了吴王僚，自立为王。

吴王阖闾十九年（公元前四九六年），越王允常去世，勾践继位。阖闾趁越国办丧事，发兵进攻越国。西周以前只有趁农闲的时候才打仗，春耕夏收肯定不能打，而且夏天太热，冬天又容易感冒，所以打仗一般都是在秋天和冬天之间的空当（秋后算账可能就是这么来的）。春秋时期就不太讲究了，专门选人家办丧事时打人家，这实在有些说不过去。两军大战于檇李，结果吴军大败，阖闾的脚踝也被一枚流矢射伤，并很快感染化脓，死在回去的路上。

10. 花神庙

定园始建于明代初期，相传是刘伯温的私宅，花神庙就在这所园林里。为什么一定要看一下花神庙呢，一是因为吴人有赏花的习俗（可能还因此发生踩踏事故），二是因为西施生于阴历六月，是荷花的花神。不知在花神庙里能不能看到相关的说法。

一进定园，有导游主动上前搭讪提供服务，说看景不如听景。我对导游说，我还是自己看吧，她便悻悻地拉其他游客去了。

果不其然，花神庙前有一扇水泥砌成的屏风，上面分别雕着十二月花的花神，并用金粉涂描。而西施正是六月荷花花神。其余月份的花神也各有其主，我看了看，上面没有郑旦。中国历朝历代的美女太多，除了政治正确外，还要兼顾其所处朝代和地区才有可能选上。有意思的是在十二花神里，杨贵妃是杏花神，而不是牡丹。原因据说是当年马嵬坡兵变，杨贵妃被杀后尸体挂在佛堂前的一棵杏树上，后来就变成仙山上专司二月杏花的花神了。

花神庙里供着的花神叫陈惟秀（完全没听说过，本以为供的是神农，看来花和草还是有区别的），据说他最早把采茶花的技术无偿传授花农让大家受益。花神边上坐着财神和观音，按我的理解，都是负责敛财的。苏州人进庙的规矩是男左女右，也就是说，男的进庙要先迈左脚。进庙后还有一些其他的规矩，到时候会有师傅传教，好像还要抽签什么的，据说是特别灵，我一看太麻烦就没进去。而且要是抽个下下签，那不是给自己添堵吗。

定园里有两口井，相距不过五米。那块石碑正好竖在两口井之间，相当于夫差当年所在的位置。石碑上写的是这两口井的来历，大意是：双照井也叫姊妹井，位于塔影湖畔茉莉桥两侧，凿于战国时期。相传吴王夫差携西施和郑旦夜游此湖，美人要在湖边梳洗。夫差担心二美不慎落入水中，便命人在湖畔凿了这两口井（我怀疑二美中的一人落入过水中一次），供二人梳妆之用。井凿成后清泉喷涌水面如镜，二美各临一井对月梳妆，月色下的美人更显娇艳。可能是为了均衡地使用大脑，夫差站在两口井中间一会儿看看这边，一会儿看看那边，忙得目不暇接。

花园里还有一个吴王阁，里面有夫差、西施和郑旦的蜡像。夫差正在抚琴，二美伴其左右。有一种说法，郑旦长得比西施还漂亮，但历史上却不如西施的名气大。西施的长相是有缺陷的，郑旦的相貌却非常完美。有人进一步推断，勾践其实更喜欢的是郑旦，只是郑旦红颜薄命，入吴后没多久便因为生病香消玉殒了。

关于郑旦之死，史料中没有记载。一种说法是郑旦因为不得宠，靠睡懒觉打发时光，最后在妒忌中郁郁而终，被夫差安葬在黄茅山。如果真是如此，郑旦就是假戏真做了，除非她不知道勾践的计划。依照老邹的歌剧版本，伍子胥要杀西施，郑旦替西施挡了致命的一剑。后来不管到哪儿，西施都带着盛着郑旦骨灰的罐子。

11. 阳山

这次来苏州，没能去阳山。

《浒墅关志》卷十八中，有一条关于阳山的旧闻，说阳山又名羊山，因以白墡为羊脑说，当属附会。更有异者，山下地名羊头，有石羊二，一全体，一无首，相传为仙人从山上驱下，至此止而化为石，说更不经。又相近有石人，在人家墙下，半入土中，以女形，人呼石婆婆，以为即驱羊仙人所化。

另外，还有馀杭山。《吴郡志》载：越破吴，夫差遁去，昼驰夜走，三日三夕，达于秦馀杭山。馁甚，顾得生稻而食之，伏地而饮水焉。

馀杭山即今阳山，原来这两段说的是同一座山，吴王夫差就葬在那儿。

《越绝书》说吴王夫差栖于馀杭山，去吴五十里，即今名阳山（我算了一下，夫差平均每天走将近十七公里，这对他已经相当不容易了，特别是在忍饥挨饿，而且路况不好的情况下）。越绝文云，夫差冢在犹亭西卑犹位近太湖，越王令干戈人以一摞，土葬之。《吴越春秋》也说，吴王既伏剑，越王以礼葬之秦馀杭山卑犹，宰嚭亦葬其傍。

二．无锡

1.玉飞凤

从苏州到无锡相距六十多公里（以高铁站计），乘坐高铁十三分钟就到了。因为起得早，我不停提醒自己，千万别在高铁上睡着了，很可能在打盹的工夫就坐过站了。

出了车站就下雨，本想先在蠡湖公园附近住下，但周边的酒店全都客满了。于是直接打车直奔鸿山镇去看鸿山墓群。春秋时期，无锡本来属吴，周元王三年（公元前四七三年），越灭吴，无锡属越王。玉飞凤是二〇〇八年在鸿山出土的，后来成了无锡市市徽。我比较好奇，在这之前无锡没市徽吗，如果有的话又是什么呢，该不会是无锡排骨吧。

鸿山遗址博物馆的门票五十块钱一张，我们到的时候才八点二十，而博物馆九点钟才开门。此时的雨越下越大，我只好在出租车里等着。鸿山遗址是春秋战国时期长江中下游地区吴越文化的墓葬类遗址，分布范围七点五平方公里。遗址范围内有一百零八个墩，初步勘测确定春秋战国时期大型土台、土墩五十一座。在已挖掘的七座土墩墓中，出土了众多文物。其中以邱承墩最为著名，博物馆就是在邱承墩墓遗址基础上修建的。仅在这一座墓中，便出土礼器、乐器、玉器等一千余件，包括三只玉飞凤（在正佩中位于璜与璜或环璧与环璧之间，与它们一起出土的，便有玉璜和玉璧），一些琉璃珠和琉璃管，一个琉璃蜻蜓眼以及琉璃釉盘蛇玲珑球。

蛇是春秋战国时期越国的图腾，这个玲珑球由八条盘在一起的蛇构成，它们首尾相衔，身体和头都向上昂起。整个球体涂着红彩，上面饰有点状的蓝色琉璃釉，是越国最高规格的随葬器物，这也是国内首次发现的战国早期的低温琉璃釉陶器。

展品中有一件龙纹玉覆面相当奇特，除了四个S形的龙纹外，中间由一个十字贯穿，看上去很像古罗马军团使用的盾牌。之前从没看过类似的物件。至于那三件玉飞凤（实际上是玄鸟），虽然雕工很细致，但玉质属于地方玉，但这也很正常，那个时代和田玉还没有大行其道。但凤鸟并不是越文化所独有的，天命玄鸟，降而生商，殷墟妇好墓就出土过一只凤鸟，跟鸿山墓出土的这三只凤鸟相比，无论从体积上还是从玉质上都属上乘。

有两个更好的例子，西安和甘肃的武威，都是用当地的文物作市徽。西安是大雁塔，一说都知道；武威的马踏飞燕更是尽人皆知，它不但是武威的市徽，还成为中国旅游的标志。宝鸡有没有市徽搞不清楚，但是它们的中心广场有一个金闪闪的凤鸟雕塑，让人觉得所谓凤鸟在古代不过是鸡的一种。这么说不是小看鸡，恐龙就是鸡变的。

那么，所谓凤鸟到底是什么鸟呢？反正不是现在说的凤凰，有人说是燕子，还有人说是鹰，一言以蔽之，就是神鸟。其形似鸡，其鸣如凤。最早出现在良渚文化出土的玉琮上，二里岗时期的青铜器上也出现过变形的鸟纹。到了商代中晚期，凤鸟的意义已经十分明确了，凤鸟的出现表示圣王将要出世（或者表示君主圣明，而天下依附）。但凤鸟和凤鸟之间也是有区别的，有一种叫重明鸟的凤鸟，每只眼睛里有两个眼珠子。还有一种鸾鸟，睹镜中影则悲（见《异苑》）。

展厅里有一部分介绍春秋时期吴人的生活习俗，都是跟水有关，比如龙舟竞渡和游泳。解说词说，吴人长期生活在水乡泽国，特别善于游泳，而且不分男女，同川而浴（《尚书大传》卷四）。有一次，白公问孔子："如果用石子投入河中，将会怎么办呢？"孔子几乎不假思索地回答道："吴地善于游泳的人可以没入水中把石头取出来。"（《列子》说符篇）。而龙舟竞渡最早发源于吴地。据《吴越春秋》和《荆楚岁时记》记载，龙舟竞渡"起于勾践，盖悯子胥之忠而作。事在子胥，不关屈平也"。

另外还有一则拔河的介绍也很有意思，说拔河最早发源于楚，原是楚国训练水师的"牵钩"活动，即用钩子将敌船拉近，训练的目的是为了伐吴。流入吴地后发展成一种游戏。至南北朝时逐步从水上移至陆上。

春秋时期吴地流行《弹歌》：断竹、续竹、飞土、逐宍。"宍"，音肉，这里指禽兽。这首最古老的吴地歌谣，是春秋时期楚国善射之人陈音到越国游说时，传唱给越王勾践听的（《越绝书·勾践阴谋外传》）。它描述了吴地先民砍竹，制弓，弹出土石，射杀禽兽的狩猎过程。

还有一首《渔父歌》：日月昭昭乎寝已驰，与子期乎芦之漪。日已夕兮予心忧悲，月已驰兮何不渡为。这首歌是吴国渔父所唱，眼看楚国追兵将至，渔父划着小船从芦苇丛中出来，把伍子胥接走了。后来才知道，伍子胥从楚国逃出来之后，先去的是郑国，然后才去的是吴国。去了吴国后，投奔的不是吴王僚，而是公子光。而且他逃出郑国的过程也没那么狼狈，据说他给郑定公和子产写了一封信挂在树林里，信里说了很多软话，子产第二天看到信（当然还有脚印和粪便），就不再追了。这当然是后话了。

展览还详细介绍吴越青铜剑菱形暗花纹饰技术、剑首同心圆技术和双色剑技术。

诸樊从梅里迁都到姑苏，一直也没闲着。根据《世本》记载，太伯之弟仲雍继承了句吴国国君之位后，曾将都城从太伯所居之句吴（即梅里）迁至藩篱（吴之馀暨），第十九位君王寿梦又将都城迁回梅里，而且"寿梦立而吴始益大，称王"。之后，寿梦之长子诸樊接位，又将都城从梅里迁至吴（姑苏，即今苏州）。春秋时期吴越两国的都城总是迁来迁去的，似乎选址选对了，争霸大业就成功了一半。

据考据今无锡新区的梅村，就是太伯、仲雍奔荆蛮的定居处，也是句吴国早期的都城。无锡东南六十里的梅里平墟，被视为吴文化的摇篮。

2.泰伯墓

泰伯墓在离鸿山大墓不远处的鸿山西坡，始建于东汉永兴二年，从鸿山遗址开车也就十分钟。《吴郡志》卷三十九载：吴太伯墓，《吴越春秋》云，太伯卒，葬于梅里平墟，梅里今属常熟县。又《史记正义》引《括地志》，太伯冢在吴县北五十里无锡县界西梅里村鸿山上，去太伯所居城十里。《吴地记》又云，太伯冢在吴县北去城十里，未详孰是。

到了泰伯墓，雨丝毫没有停的意思。整座墓园除我之外没有其他的游人，因此显得格外寂静。青砖铺成的坡道长满青苔，在雨中十分湿滑。一只巨大的蜗牛不紧不慢地爬着。我觉得这个泰伯很有意思，我搞不明白他既然都让位了，为什么还要另起炉灶建立了句吴国，找个僻静的地方隐居起来不就得了嘛。

有人考据，太伯有国，自号句吴。说者云：句，语辞，吴音也；吴者，虞也，太伯于此以虞志也。越灭吴，子孙以国为氏，今吴中吴氏甚多，而语音呼鱼为吴，卒以横山下古吴城为鱼城。方言以讹传讹有如是者。

关于太伯奔吴，顾颉刚在一则《吴都江西》的随笔中认为，春秋初年古句吴地域远在江西，则其迁江苏殆在春秋中叶，太伯、仲雍墓不足信。疑吴始立于江汉，其后迁于鄱阳湖滨，最后乃迁至无锡、苏州也。江西临江府出土过十一枚者减钟便是证明。

《苏州文博》二〇一〇年总第一辑中有一篇题为《考古学上的吴文化》，作者是北大考古文博院教授李伯谦，其中就花了很大的篇幅说太伯奔吴这件事，大致有两个观点。一是说太伯、仲雍乃奔荆蛮，李教授引述唐人张守节《史记索引》的解释说荆蛮之地就是越，这就是说吴也是属于越系的。太伯、仲雍来自中原，本是用笄束头发戴帽子的，到了这里，披发文身，完全从了当地风俗。（根据《周礼》，只有不文明的人才披头散发）

李教授还有一个观点，过去研究吴国史的学者都认为太伯、仲雍奔吴之地是在今天的无锡，一九五四年在镇江的丹徒烟墩山一座土墩墓中出土了一件青铜簋，有长篇铭文，记载做器者矢受王命受民受疆土由虞侯改封为宜侯的事。此外，李教授还提到，在丹徒被山顶的土墩墓出土的兵器中，有一件菱形暗花纹的青铜矛，上有两行九字铭文，据考证为吴王余眜自作器，由此证明该座春秋大墓应该是吴王余眜之墓。李教授认为，这样看来，吴国势力由西向东发展的路线是很清楚的，太伯、仲雍奔吴首先到达的绝不会是在太湖地区。

之前也有人对太伯奔吴完全持否定态度，民国年间有一位名叫卫聚贤的历史学家便是其中之一。他在《吴越民族》一文中给出了他的理由：1. 就理想上推测太伯不能远奔吴地。2. 就技能上观察吴民族不是太伯后。3. 就名字不避讳上观察吴民族不是周民族。另外，卫先生还认为，《左传》系公元前左右晋人的作品，口口相传，无信史可据，但因时间不远，也是较为可靠的。但鲁人作的《论语》，楚人作的《国语》，都说太伯为吴之祖，不过是时间和空间的记载考察。

跟卫先生持相似观点的，还有一位名叫苏铁的同时代的学者。他也认为《竹书纪年》关于越有几条简略的记载，《史记·吴太伯世家》《越王勾践世家》除依据《左传》《国语》《世本》外，新材料也是很贫弱的。《吴越春秋》十卷也是根据《左传》《国语》《史记》，敷衍了事而已。《越绝书》十五卷是后汉光武二十八年会稽人袁康所作，史料也是很微弱的。大家都把希望寄托在考古发掘上。

3. 阖闾城

阖闾城遗址位于无锡和常州交界处的胡埭。进入胡埭，出租司机介绍说胡埭的水蜜桃也很有名，大的一只可达一斤半，一般情况是桃子还没长出来，就被预订完了。先是看到一个牌楼和一条神道，神道边上有两排石兽，一看就是后来雕的。走着走着又看到一个古建群，上书阖闾春秋几个大字，应该属影视城之类的。至于阖闾城遗址在哪儿，出租司机也有些发懵，后来总算是到了。出租司机说鸿山镇和胡埭这两个遗址一个在东北一个在西南，一气下来，相当于围无锡城跑了一圈。出租司机又说无锡虽然不大，但方向很难辨别，因为这座城市像鸭蛋一样是椭圆形的。

阖闾城是吴国继梅里之后，姑苏之前的又一都城。阖闾城遗址背靠横山，面临太湖，始建于阖闾元年（周敬王六年，公元前五一四年），阖闾伐楚还，为防楚越犯境，命伍子胥在今无锡与武进雪堰桥交界的天井山麓筑阖闾城。吴国在太湖操练水军的地方应该离这儿不远，最早是个盆地，叫练渎。有史料记载，越之侵吴皆由嘉兴来，入太湖至越来溪，故横山之下，有吴城与越城相对峙。至于越城具体在什么位置，就不得而知了。讲解员说，遗址最早是一九五六年文物普查时发掘的，它只是阖闾城遗址的一小部分，目前整个大城遗址被保护起来了，还没有进一步的发掘计划。二〇〇八年通过卫星遥感观测，发现大城其中分东西两个小城，东边的驻扎军队，西边的是王宫，城的四周是护城河。

原址建成阖闾城遗址博物馆的门票跟虎丘一样，也是六十块钱一张。

这家博物馆虽然偏僻，但展品明显丰富，质量也好很多。展品中还有几件温县盟书，用毛笔和墨写在圭形石片上，内容大意为忠心事主，绝不与贼为徒，否则将会受到最严厉的惩罚，夷灭世族、绝子绝孙等。推定会盟日期为春秋末期晋定公十五年十二月二十七日（公元前四九七年一月十六日），想必是越国也参加了。

此外，还有一组蜡像，再现了专诸利用鱼腹藏剑，刺杀吴王僚的情景。他手中挥舞的鱼藏剑长不过一尺，据说其锋利可以断金玉，透唐夷之甲（相当于现在的防弹背心），是越国送给吴国的，专诸刺杀吴王僚前，专门还用毒药淬过。

那个专诸虽然喜欢好勇斗狠，但是十分怕老婆，有一次在外边跟人打架，老婆一叫就叫回去了。有人解释说专诸是个大孝子，老婆是替母亲叫他回去的。但当时伍子胥在一旁看了十分不解，上前询问。专诸说，能屈服于女人手下，必能伸展于万夫之上。专诸刺王僚事件发生后，留下一个规矩，上菜时鱼脊不可朝向主人。

让我稍感意外的是，阖闾城遗址博物馆的镇馆之宝，居然是一个带把的原始青瓷碗（馆方叫原始青瓷把罐），于二〇〇八年在龙山石室发掘的。当时石室中还有很多青瓷件，但是都碎了，只有这件是完好的。那个年代的青瓷有相当的地位，它造型奇特，纹饰有些接近青铜器上的云雷纹。人们至今不知道它的用途，专家也无定论。我想大概是个酒器或者礼器，因为它通高不过十公分，作为储水用具显然太小了。

《吴郡志》卷四十四记载了这样一件奇事，可能跟阖闾城有关：吴王阖闾伐石治宫室，石中得紫文金简之书，不能读，使使者询仲尼曰，吴王间居，有赤雀衔书置殿前，不知其意，故远咨访。仲尼视之，曰，此乃灵宝长生之法，禹所服之，禹将仙化，封之名山石函之中，今赤雀衔之，殆天授耶。

4. 二胡之乡

吃过午饭，找到一家酒店入住。一阵雷声过后，又开始下雨，终于可以睡个踏实觉。这是我这次出门唯一一次睡午觉，躺到床上从兜里掉出很多钢镚。去南方就这点麻烦，兜里总要装着钢镚，感觉就像是《老无可依》中的那个冷面杀手，遇到谁都掏出一枚让人家猜正反面。银元时代早已经过去了，不明白南方人为什么那么爱用钢镚。好像有人说过，因为生产钢镚的造币厂就设在南方，我觉得这不是理由。只有桂林除外，在桂林买东西时付钢镚店家是不收的，传说当地的钢镚很多都是假的（未经证实）。

一觉醒来已经三点钟，雨也已经停了，于是去惠山古镇转了转，途中路过京杭大运河。在我这次计划中的旅行城市中，只有无锡既在太湖边上，又有大运河穿城而过。可能因为刚刚下完雨的关系，古镇没什么游客，很多店铺的橱窗里都摆着胖乎乎的惠山泥人。有一家店铺放着《二泉映月》，突然想到阿炳也是无锡人，而无锡也顺理成章地成为二胡之乡。

傍晚来到南禅寺，在一家叫矮脚楼的小馆点了一份膀蹄面，在菜单上看到糖醋排骨面，估计当地人自己都不吃，就跟北京人从来不吃果脯一样。南方很多餐馆面条和卤（浇头）是分开的，顾客不能光点面条不点浇头。面条跟浇头的搭配也有学问，比如我点的膀蹄就应该配干拌面，因为膀蹄本身就带汤。但我不明究竟点了一碗汤面（其中汤面还分红汤和清汤），弄了个水饱。

阿飞演唱会晚上七点半才开始，吃完面条看时间还早，又去边上的COSTA咖啡馆喝了一杯咖啡，顺便在它们的卫生间拉了一泡屎（本来只想撒尿，看到门把手上方有个"拉"字，于是便拉了，是不是有些粗俗？）。还想说的是，南下塘边上就是运河，有些像南京的秦淮河或者北京的后海，白天还算正常，到了夜间就变得纸醉金迷，颓废得不行。

演唱会在南下塘文化创意园的活塞酒吧，我和阿飞几天前就在微信里约了。反正一个人在外地也很无聊，特别是在晚饭后，总不能待在酒店房间看电视吧。这是我头一次看阿飞演出，其实在北京有很多机会，她有时在南锣鼓巷或者麻雀瓦舍，我都没去。因为北京的文化生活太多，你要是整天看展览、看电影、看话剧、听音乐会，就没有时间干别的了。而且我不太喜欢所谓的现场，你的所有的反应都是被动的，不管什么状态都显得很傻。在外地就不一样了，他乡遇故知的经历不是想有就有，这其中有若干机缘巧合。

穿过一条很长的隧道，又在巷子里走了很久才到了演出现场，门口已经有一百多人排队。我直接进去，买了半打啤酒，坐到酒吧的二层。看二层是木质结构，微微能感到有些颤悠，我问服务员会不会塌了。她说不会，她们这儿经常搞活动。而且，今天晚上的演出会控制人数。

坐下没过一会儿，演出就开始了。舞台大幕徐徐拉开（这的确有些奇怪），乐队预热几下便开始放干冰，这些都是前奏，接着阿飞就身着一袭深蓝色的香云纱长裙出场了。阿飞说她有好几条这种面料的裙子，香云纱俗称莨沙、云沙，是中国一种古老的手工制作的植物染色面料，已有一千多年的历史，由于制作工艺独特，制作时间长，香云纱数量十分稀少，具有穿着爽滑、凉快、除菌、驱虫，对皮肤有保健作用等特点，过去被称作软黄金，只有朱门大户人家才能享用。其实，我觉得有些特点不用强调。

那天她唱了《嫁衣》《四月》《魏晋》《帝女花》《再不相爱就老了》以及《一只想变成桔子的苹果》等十好几首歌，都是一个人唱，中间也没休息，也没换服装。演出结束前，主持人还推销了她在淘宝上开的"阿飞的服装小屋"。无锡观众有些拘谨，台上台下基本没有互动。感觉阿飞像是在自说自唱（声音沙哑，高音偶尔唱不上去，不停喝胖大海水），大多时间把目光盯在地上，偶尔她也会做一些表演动作，有时很舒缓，有时很剧烈，完全没任何过渡或先兆，看着有些像痉挛。我想，这就是她的风格。

夜深人静时刷微信朋友圈，看到阿飞时总能被吓一跳（有时她会说想杀一个人，有时说真的很想死），从而变得睡意全无。之前因为在微博上说想炸居委会，结果被刑事处罚。最近，她又在微信上说她情绪低落，三小时喝了三杯咖啡等。但她质疑咖啡拉花，认为完全没必要，难道射精也要拉个花吗（我觉得这个难度有点儿偏大）。

阿飞曾经这样评价自己：一个与人类为敌，爱讲笑话的躁郁症患者，以微笑假象单打独斗的宇宙无敌大屎忽女战士。我想起那天晚上看演出前，在COSTA喝的那杯咖啡也拉花来着，好像是一片棕榈叶。现在，这片树叶变成了我心中一片不大不小的阴影。所谓拉花，指的是浮在咖啡上的图案（大多数图案恰好就是心形），最早由卡布奇诺和拿铁演变而来，每年在美国还举办世界咖啡拉花比赛，阿飞如果知道，我相信她一定会去闹场。

后来跟着乐队吃火锅店宵夜。从头到尾，阿飞一直打电话发微信，她说第二天去上海然后去合肥，而上海的住处还没落实。活塞酒吧老板是个热爱音乐的年轻人，留着一缕小胡子。问他为什么起活塞这个名字，他说他们这个院子（文化产业园）的旧址原来是一家机械厂。我猜，这其中一定有活塞运动的含义在里头，不过这个想法比较邪恶，所以即便有也不便明说。

阿飞说她记得在北京的时候，有一次在鼓楼的一个酒吧喝酒，她们从酒吧出来时，看到我在路边打车。好不容易来了一辆出租，我拦下后把车让给她们。这件事她要是不说，我都忘了。

后来不知为什么又说到老乐器（比如琵琶）年头久了会成精，然后又说到二胡，阿飞认为这本来是胡人征战时用的乐器，带着杀气，到了江南，就变成软绵绵的娘娘腔了。这期间我跟乐队的人喝了很多啤酒，这还是我这次出门头一次喝酒，所以没太控制，以至后来我有些喝晕了，差点把包落在餐馆。

5. 蠡湖公园

一百万年之前，太湖还是一个海湾，那时候的湖水是咸的，后来太湖逐渐变成了内陆湖，湖水也越变越淡，最后彻底没了味儿。当然，自从有了蓝藻，就另当别论了。太湖"夏名震泽，周曰具区"，三万六千顷，周围八百里。后来太湖又称为五湖，至于具体为什么叫五湖以及到底是哪五湖，说法很乱。相传四千年前，大禹在太湖治理水患，沟通了太湖与大海的渠道，将洪水导入大海，这就是司马迁在《史记》中记载的"禹治水于吴，通渠三江五湖"。

《吴郡志》卷十八载：太湖在吴县西，即古具区震泽五湖之处。《越绝书》云，太湖周回三万六千顷，《禹贡》之震泽。《尔雅》云，吴越之间巨区，其湖周回五百里，襟带吴与毗陵诸县界，东南水都也。古今传记不同者，并具辩证门。

无锡太湖边建有蠡湖公园，公园不收门票。据导游介绍，公园中除了有"西施庄""宝界桥"等景点，还有一个巨大的摩天轮"水上之星"，高约一百一十五米，比锡山还要高出四十米，是当地标志性建筑，六十元坐一次，游客可以在摩天轮上饱览太湖的湖光山色。我想，如果这座摩天轮当年范蠡和西施游五湖时就有的话，俩人一定不会划船，而是坐在摩天轮上摘星星。也许，当年的湖边会有一台用于水利灌溉的巨大的水车，比我眼前的摩天轮还高，而这台水车正是摩天轮的雏形。但最有可能发生的情况是，还没等他们摘到星星，便看到了远方的战火。范蠡预测，若干年后，越国将会为楚国所灭，楚国在新一轮的争霸中脱颖而出，成为翘楚。即将到来的是更为混乱也更为血腥的战国时代。

根据范蠡年表，范蠡泛舟五湖是在公元前四六八年，当时越王已经成就霸业，离夫差自杀也已经过了五年。范蠡时年六十八岁，是个不折不扣的老叟。就算泡妞还行的话，船肯定是划不动了，很可能要找人代劳。关于西施的生卒年，虽然不可考，但按公元前四九四年她被送给吴王夫差起推算，就算她当年是十五岁的话，二十六年过去她也已经四十出头了。

现在的蠡湖公园就先进多了，当年他们划的木舟早已变成快艇。此外，还有画舫、自驾船以及双人水上自行车。此外，公园内还有旋转木马以及海盗船等，据说海盗船经过一处叫次奥的险滩时，游客都会情不自禁地发出惊叫。

6. 无锡排骨

周元王三年，公元前四七三年，越灭吴，无锡属越王。越国统治无锡地区约一百一十八年，史书对这段历史记载较少。二〇〇四年在鸿山地区发现了七座春秋至战国早期的越国贵族墓葬群，让当地的历史学家松了一口气。虽然曾经被盗过，但墓葬形式和随葬品基本保存完好。关键是无锡这段时间的历史不再是空白了。

无锡博物馆里有一尊北朝石坐佛像，还有一些陶器和瓷器。青铜器很少，但是有一件乐伎铜屋，绍兴306号墓葬出土的，屋内跪坐六人，二人赤裸上身，束发于顶，双手相交于小腹，应是乐伎。其他四人或作吹笙状，或作抚琴弹拨状，或执槌作击拍鼓状，或执小棍作击筑状，当为乐师。在鸿山春秋墓葬群，好像也看到一件类似乐伎铜屋，不知道是不是同一件。

这次来无锡，最大的愿望是吃三凤桥的无锡排骨。之前来过无锡一次，去看过灵山大佛，还专门去太湖边上看了蓝藻。据说现在太湖的蓝藻治理好了，用的是一种干燥技术，经过这种技术处理的蓝藻，看上去就跟紫菜差不多（就是不知道能不能吃）。

中山路上三凤桥大酒店的排骨在无锡十分有名，随便一问都知道这家餐馆在哪儿。而且无锡人非常善良，不给外地人瞎指路，所以我很快就找到了。翻开菜单，无锡排骨赫然出现在首页，细看分大中小份。我花五十块钱点了一盘中份的，一共六块排骨，三块瘦的，三块略肥。我大概知道做这道菜比较麻烦，要分腌、炸、炖三个步骤，但最重要的是大量加糖。

试着吃了一块果然超甜，浇在排骨上的汁其实就是糖浆，躺的我糖尿病险些当场复发，忍不住赶紧喝了一口开水。心想，以后吃无锡排骨坚决不问怎么做的，也不问肉炖得烂不烂，只问甜不甜，不甜或者微甜不吃。再一看周围的餐桌，几乎毫无例外都点了这道菜，听口音有的还是从外地来的，可能是跟我一样，专门来这儿吃这道菜。

都说苏州的菜吃着甜，但比起无锡，苏州绝对是小巫见大巫。而无锡排骨，则是当之无愧地集甜菜之大成。

7. 逆袭

下午逛南禅寺文物市场时，接荣岩电话，说他下午从上海到杭州。一想无锡已经看得差不多了，无锡排骨也已经吃了，于是回酒店退了房间直奔火车站。一打听下午从无锡到杭州两小时内的票已经售完，就连商务舱也没了，售票员建议我经苏州至上海转车至杭州，反正从无锡直接到杭州的高铁走的也是这条线路。当初我就是从这条线路走的，现在几乎算是沿原路返回，很有一些逆袭的意思。

我在上海换乘G7317次高铁去杭州，路途大约一个钟头，途经嘉善南站和桐乡。上海虹桥车站就像一个巨大的迷宫（把高铁站和机场连在一起本身就是天才设想），下了高铁在此转车时，我居然不知不觉出了高铁走到地铁站，发现时已经回不去了，而我乘的那趟高铁在不到二十分钟后就要发车。无助之际，多亏一个工作人员主动给我带路，这种事情在上海不用多说，当然是有偿的，那个小伙子说每天都会出现很多类似的状况，他已经帮助过很多人了（当然每次或多或少都会有报酬）。

等回到高铁站的候车大厅，离发车时间就差十几分钟。

三. 杭州

1. 接风

这次来杭州，没打算看什么东西，就是找老葛、老方和石磊他们玩儿。到了杭州后发现，口腔溃疡和颈椎病奇迹般地好了。吃东西舌头不觉得疼，脖子也可以灵活转动。但是两条腿又开始疼得不行，可能是爬山爬的，在北京从没做过如此剧烈的运动。

之前约好了狗子和阿坚他们在杭州会合，在苏州和无锡一个人倒也自得其乐，想去哪儿去哪儿，也不用喝大酒。但偶尔也会觉得闷得慌。人一多玩儿法自然就变了，天晓得会发生什么，但大酒是肯定的。

出了高铁站居然没有出租，看时间将近五点钟，正是杭州出租车司机交接班时间。于是打了辆黑车直奔老葛公司，荣岩已经到了一会儿了。我送老葛一方我在虎丘刻的名章，另外还有吴虹飞的两张唱片《萨岁之歌》和《侗族大歌》。关于那方名章的来历，我跟老葛说这是我是刚进虎丘南门，看到一个刻章的小摊，通常刻章的都是仙风道骨的老先生，但这回却是一个三十岁左右的胖姑娘。她看上去脸色通红，精气神十足，而且刀法娴熟，不到半个钟头就刻好了。荣岩在一旁拿过章看了看，假装内行地说，像是机器刻的。其实，机器刻的也没什么不好，很多人工还不如机器呢，这个世界机器早晚会取代人的。我最烦现在的人动不动就强调手工，动不动就鼓吹留住手艺之类的。

接着就是晚饭。老葛介绍给我一个名叫古非的朋友，好像还是荣岩的老乡，住在良渚，也是大酒。没吃一会儿，老方、袁玮、石磊和小郑他们也分别到了。老方送我一盒今年的新龙井，袁玮的头发上有护发素味儿，显然出门前刚刚洗过。石磊是从金华特意赶过来的，小郑在杭州，但下午我们联系他时他手机没电了，后来是看了荣岩发给他的短信已经将近八点，所以到的最晚。

我们七八个人喝了两瓶白酒、两瓶黄酒以及若干啤酒。至于吃了哪些菜，反而没有什么印象。后来看手机里的照片，回忆起那家餐馆叫粤顺，点了不少菜，但除了一道风干鸡丝和一份丝瓜炒牛柳，其他我都叫不上名字。

2. 铁卷

早餐是在酒店四层的餐厅吃的。从酒店的房间望去，能看到古运河和宝俶塔。这让我想起前些日子的一篇报道，说嘉德今年的春拍拍品中有一件吴越王钱俶草书手简（并铁卷图及宋元明清名贤题跋），钱王手卷的故事首先要从五代十国时期吴越国第一代国王钱镠说起，吴越国即十国之一，全盛期的版图包括浙江、上海、苏州全境，以及福建东北部地区，比起春秋时期的版图小不到哪儿去（没准儿还大了些）。钱镠的铁卷是其做吴越王之前，因帮助唐王朝平定董昌叛乱，由唐昭宗赐予。这个免死金牌可不得了，虽然很沉，但钱镠走哪儿都带到哪儿。顺便说一句，镠的意思是成色好的黄金。

钱俶是钱镠的孙子，最后一代吴越王，杭州的雷峰塔和宝俶塔都是在他做吴越王时期建造的，他的另一个功绩是纳土归宋，将吴越国并入北宋版图。此外，他还会写草书，《宣和书谱》评其"斡旋盘结，不减古人"。至于后来卖了多少钱，似乎也没了下文。

说来说去，杭州的历史一般也就追溯到五代。春秋时期，杭州还不叫杭州而是叫禹杭（可能是沾了大禹的光），当时的西湖不过是个野水泡子，而且还没跟西子联系在一块儿。有了白居易后，杭州隐约才有了现在的面貌，不过，那已经是公元八八二年之后的事情了。时年七月，白居易受命南下杭州出任刺史。

大概九点钟，阿坚和孙民前后脚到了。阿坚是头天晚上在北京上的火车，买的是一张卧铺，阿坚特别强调，他边上睡着一个小有姿色的中年大妈，但他对这个大妈没有什么非分之想。孙民则是从济南来的，估计也是在车上睡了一宿。

正说着，石磊来到我们房间，他醒来找不到裤子，原来被荣岩穿上了。头天晚上，他俩在一起睡的。难怪石磊过来就脱荣岩的裤子，此时，荣岩迷迷糊糊还没彻底清醒（他是刚才听见我们房间的动静专门过来的，来了后就又躺在床上）。

跟阿坚他们打过招呼，石磊说他过一会儿就得回金华，说是要给朋友的小孩儿过生日。

3. 看不见的作家

午饭老葛带我们去了一家叫和家园的餐馆吃温州土菜。一问已经没包间了，我们在大堂找了一张圆桌。老葛一看就跟这家餐馆很熟，进门一通招呼。他点了野生海鲜拼盘、五花肉炒盘菜、凤爪烧螺丝、春笋炖咸肉、肉酱蒸芋艿、鱼干烧肉、长江第一鲜（烧河豚）、筒骨萝卜。其中春笋炖咸肉大家觉得好吃，又来了一份。啤酒是千岛湖啤酒，大概喝了两箱多。老葛和阿坚唱了好几首歌。

下午三点多钟狗子到了，他是从台北桃园机场坐的飞机，直接到杭州萧山机场，飞了将近两小时。狗子说他虽然还有飞行恐惧，但比过去好多了，基本上可以克服。我来到酒店四层老葛公司，看到狗子几人正在露台喝茶，荣岩坐在露台边上的水泥台上，眼睛盯着楼下，一副随时都要跳下去的样子。我尝了尝狗子从台湾带来的凤梨酥，觉得比以前吃过的好吃，不是特别甜。而以前之前，还不知道所谓凤梨说的就是菠萝。

狗子简单聊了些台湾情况，他说在台湾半个月天天大喝，只有两天是清醒的。台湾啤酒很有意思，国民党执政时是蓝听的，到了阿扁就改成绿听的了，马英九执政又改回到蓝听。台湾的啤酒四十五新台币一听，相当于人民币九块钱，不过，口感略比咱们这边的啤酒要好。狗子这次去台湾是参加一个笔会，他那个单元叫看不见的作家，所以，每次活动不一定到场。狗子说这次他还认识一个高山族，也是每天醉，见了谁都笑眯眯的。

晚饭开始之前，汉行来了，他说他是坐高铁从徐州来的，中午出发，在车上吃的午饭。汉行最早是阿坚的朋友，前年我们去蒋坝在徐州中转，汉行特意安排了一辆车把我们从徐州直接送到蒋坝，免去了我们的舟车劳顿之苦。

老葛在他们公司准备了晚餐，一共十来个人。开饭之前有人抱来一只斗牛，才一个月大非常好玩，给它照相它吓得直躲。小郑抱着它舍不得撒手。小郑在北京时养了一条大白熊，后来又带它回了老家，平时关在院子里的一间房间里。一天，小郑打开房间门，看到大白熊倒在地上，旁边有一条被咬成两截的眼镜蛇（估计眼镜也已经碎了）。当时大白熊还没断气，找人来看，但已经救不活了。不知道是谁先进攻的谁，场面一定非常惨烈。后来，小郑费了很大的气力背着大白熊，把它投入江中。

晚餐先上的是奶油玉米汤，主菜是牛排，另外还有沙拉、煎三文鱼、煎银鳕鱼等。厨师是专门从四川请来的。我们喝了无数红酒、啤酒。烟抽的是我从虎丘旁边的一条小巷里买的当地农民卷的雪茄。袁玮一坐下就说她饿了，先是迅速吃了配餐的两个小面包，又把一份披萨很快吃完了。

因为第二天公司还要上班，饭局结束时大概是十点多钟。我们又来到一家叫海鲜豆捞的餐馆，又点了羊肉、牛肉、羊脑、豆制品拼盘以及蔬菜等吃的。没吃一会儿，老葛也来了。他敬了一圈酒，唱了几首歌。第二天他说他完全失忆了，不记得来过，也不记得是谁在路边送他上的出租。喝酒就是这样，清醒时不尽兴，喝到尽兴又断片儿。

4. 蜒蚰

一大早起来就下雨。在酒店四楼餐厅吃完早饭，阿坚跟孙民去游西湖，这是孙民头一次来杭州，不玩就没机会了，而且雨中游西湖更有一番韵味。将近十点钟雨势渐小，我来到一座桥上看了看古运河，然后又去看了武林门码头。据说春秋时期以这条运河为界，北边是吴南边是越。阿坚说他四十年前（大概是一九七三年）当工人的时候，曾经坐船从苏州到杭州旅游，走的就是这条运河。当时的票价好像才两块钱。因为旷了几天工，他在西湖边上买了一根方竹拐杖，作为旅游纪念品，回北京的时候送给车间主任，车间主任不但没有收下，反而把阿坚呲了一顿。那根竹拐杖后来不知所踪。

看过武林门码头，我又打车来到西湖边上想买一些龙井回去送人，但听说西湖边上的茶都是从别的地方运来的，要买只能找熟人或者去杨梅岭村的农村经济合作社。我不想麻烦朋友，便直接来到杨梅岭村，之前几次来杭州，下午都泡在这边的农家院喝茶，然后接着在附近吃晚饭。一般来说挑选茶叶时必须当场泡，而且尽量不要买路边茶田里的，因为泡出的茶能喝出汽车尾气味儿。所以即便是绿茶，现在也开始像岩茶那样往高处种。我没那么讲究，觉得喝着差不多就行了。

杨梅岭村因岭上有杨梅坞而名，旧时坞内盛产杨梅。杨梅岭是九溪十八涧的源头，由于特殊的地理环境和气候条件，几百年来，该村成为狮峰龙井茶的产地之一。

回到酒店，荣岩正在大堂里坐着，他说他想带我去看官窑博物馆。但这天正好是星期一，博物馆全都关门，本来我还想去杭州博物馆，看来也只好作罢。其实前两天还是有机会去的，都因为喝酒耽误了。正说着，看到外面玻璃上爬着一只蜗牛，跟我在泰伯墓看到的那只几乎一模一样，都没有壳。荣岩说这不是蜗牛而是鼻涕虫，往它身上撒上盐就会立即变成一汪黄水，小时候他们经常玩这个。

回到北京后我查了一下，鼻涕虫学名叫蛞蝓，是一种较为常见的软体动物。它的身体里百分之八十五都是水，由于缺少保护，当把盐洒到它身上，因为盐的浓度大于它体内的水分的浓度，便会把它身体里的水分吸出来，所以看上去它好像化成一摊水了。我觉得这个游戏不但残酷，而且过于奢侈，在古代是不可想象的，因为古代的盐很贵。

快到中午的时候，阿坚和孙民从西湖回来了，俩人玩儿得很兴奋的样子（说是专门去看了许仙会青蛇、白蛇的小亭子）。打电话到房间让狗子下楼，他说他再缓会儿。午饭本来说去酒店附近的面馆吃面条，到了面馆后发现没座位，于是便又去了头天中午吃过的和家园。我们点了卤水拼盘、臭豆腐煲、红炖大肠、明夫干茄子煲、花蛤、草籽、黄秋葵、咸肉千张炖莴笋以及千岛湖野生鱼头，都是头天没吃过的。主食点的是馄饨。刚开始吃不久，来了两个张炜的同学，其中一人认识狗子，还有一个耳朵不好。张炜说本来他的女朋友热热说要一起来，临出门时突然皮肤过敏了，只好取消。因为过敏就要吃药，一吃药就会犯困。

老葛公司有事，就没来陪我们。汉行吃完饭就匆匆去了高铁站，说明天早晨单位有个会。

午饭吃到将近下午三点，要不是立冬从上海到了杭州，不知道要喝多久。我们和立冬在酒店门口会合，然后，一行人坐立冬的车去梅家坞老方家。

5. 神学

老方他们住的梅家坞小镇四面环山，整条街都是餐馆、客栈以及茶庄，停车场上停着很多辆大巴，显然已经被开发成旅游点了。我们到了已将近五点钟，袁玮在路边等我们。她穿着一条黑裤子，一件类似练武的白褂，手里就差一柄宝剑。我们随着她往上走，老方家在半山坡，上山途中遇到几个茶妇。她们打扮相似。都是穿着雨靴，戴着草帽，背着竹篓。有农家屋檐下晾晒着鱼干。本来头天老方和袁玮跟阿坚约好来这边爬山，因为我们到得太晚，看来也只能等下次了。

一进门发现袁玮早早就把菜准备好了，院子里种着花花草草，中间摆着一张桌子，显然经过一番布置。院墙在屋脊下有一个长方形的瞭望口，这使得小院像一个临时搭建的阵前指挥所，也可能是专门为了让袁玮瞭望或观测天象用的。另外还有一间储藏室，里头有一张沙发，还堆了一大堆画框。老方说他们睡觉的地方在下面，还有两间屋子。刚开始他们就住那两间，后来上面的住户搬走了，他们才又把小院盘下来的。

天色渐暗，山下亮起了盏盏灯火，山间弥漫着氤氲之气，天上的云也显得有些诡异。

正在聊天，突然接到狗子电话，说他在山上迷路了。照理说这山不高，也就二百多米，而且刚才还看到他在院子里呢。荣岩去找狗子，老葛说他去过这边，周边茶山经常会有人迷路。即便找到了，大多也都神志不清，有的甚至已经气绝身亡。没人能说出原因，人们猜测都是山魈闹的。老方说他没听说过这些传说，只是有一次院子里来了一只特别大的刺猬，老方养了它几天，后来那只刺猬又跑回到山里了。

袁玮在厨房里做麻油鸡，我向她请教这道菜的做法。她说炖鸡时要加大量姜片，之后把姜片捞出。然后要加台湾黑芝麻油，还要加大量台湾红标料理米酒，因为大陆产的米酒味道偏苦。至于黑芝麻油跟普通香油有什么不同，袁玮打开两瓶油让我闻了闻，黑芝麻油果然比普通香油味道浓郁得多。鸡炖好了，吃的时候还要配一种台湾产的豆豉。再有，鸡用本地产的土鸡就行。老葛不吃鸡，专拣蔬菜吃。老葛说他胃切除后就很少吃肉，就连喝白开水也不正常，嘴觉不出烫，但喝到胃里后感觉是烫的。

除了麻油鸡，袁玮还准备了很多其他的菜，其中有一道红烧鸦片鱼，据说这种鱼吃了会上瘾，上瘾后吃不到又是一件麻烦事。还有一道小炒肉，老方平时最喜欢吃。其他，具体：香椿炒鸡蛋、炝炒藕片、清炒水芹菜、肉片炒丝瓜、油焖春笋等。这么多菜，肯定是做了一天的准备。袁玮边炒菜边抽烟，多亏锅里的热气，飘落的烟灰才没落在炒菜上。

吃到后来又上了一份蒸咸鱼和一小盘蟹酱。蟹酱是老方家自己做的，具体方法是将活螃蟹捣烂，撒上盐（忘了加不加酒），然后放在罐子里储藏一段时间就能吃了。这是我头一次吃蟹酱，觉得鲜的不行，当然还有些腥，多吃几次就习惯了。北欧人以及日本人（虾夷）等靠近海边的民族都用这种古老的方法储存海产，他们甚至舍不得放盐，那些鱼啊虾啊在罐子里储存一年后奇臭无比，但却被视为无与伦比的美味佳肴。

6. 竹蛾

老方老家在舟山，但是跟春秋关系不大，据老方自己讲，他们家的族谱最早可以推到方孝孺，明朝避祸由宁海迁到舟山群岛的。祖上曾经藏有王羲之的《游目帖》，方孝孺还在上面写了题跋。后来方孝孺被永乐皇帝诛杀，宗族亲友前后坐诛者数百人，后人怕被牵连，便把这幅字处理掉了。后来听说流到恭亲王手里，再后来不知通过什么途径，这幅字到了东瀛。

不过，老方说从他记事起，就知道他至少爷爷辈就是渔民。小时候跟大人出海，他看到两条船为了撒网捕鱼打仗，一条船上的人往另一条船上扔洋葱，正好砸到一个渔民的眼睛上，那人的眼睛顿时肿了起来，渔船不得不掉头返航。而他的奶奶是接生婆，老方最困惑的是他生下来的时候，父亲在岸上还是在海上。

袁玮是北京女孩儿，诗人。靠写诗通灵的女诗人不少，但很少有谁像袁玮一样把自己写成巫婆。我曾经问袁玮，为什么把烹饪比作神学，她打了个比方，说比如一个包子蒸的半生不熟，就很难再熟了，除非回锅的时候在它的边上放两个生包子。半生不熟的包子便会跟生包子同时熟。我听出这所谓神学不过是一个常年操持家务的妇女的劳动体会，便打断她说别说了别说了，袁玮觉得我听了一半就懂，觉得我很有悟性。

袁玮把烹饪譬作神学，我觉得这其中还有一层含义她忽略了（也可能是故意的）。在一个家庭中，喜欢烹饪的人一般都负责分发食物，过去在族群中也处于支配地位。所以别看老方坐在那儿跟大爷似的，其实不过是在等待论功行赏。

吃饭期间，不断有竹蛾飞进菜里，老方说山上确实有一片竹林。开始还轻轻把它们从菜汤里用筷子夹出来，后来酒喝大了，就对这些蛾子不管了，任它们在美味关系中自生自灭。

喝到后来，啤酒不够了，老方又下山搬来两箱。

不知什么原因，荣岩突然发作，把立冬的一支很好的钢笔抢过来扔了，当时立冬正在往一个小本上记着什么。一开始荣岩的情绪还比较稳定，吃饭之前还下山买了金桔、桂圆和槟榔，后来还自告奋勇，去厨房做了个香椿拌豆腐。但喝多了就像变了一个人，大家怎么劝都劝不住，一时间场面大乱。在这个过程中，碎了一个红色的瓷碗，至少两个盘子外加一块垫桌子的玻璃板。袁玮有些激动，开始有点儿像北京姑娘了，后来她说那个红碗最令她心痛，可能比较有纪念意义吧。老方表现得还算镇静，甚至有些愧疚，不停地说酒还没喝好，酒还没喝好，还应该再多喝几瓶。

我突然发现，不管是神学还是占星，实际上讲的都是秩序。但秩序也不是一成不变的，它也会在瞬间崩溃，而这一刻往往是最具审美的。从科普的角度讲，没有宇宙大爆炸，就没有铁，没有铁，就没有嵇康。没有超新星爆炸，就没有铜、金等金属，也就不会有后来的青铜时代（当然也就不会有琉璃），当然也没有太阳。没有地球最初的那次撞击（不是六千五百万年前那次，它只是导致了恐龙的灭绝），就不会有月亮；没有月亮，人类就无法抒情，地球也就会永远停留在每天六小时，也就不会有后来每天的二十四小时。

四．诸暨

1.徐人

第二天一早荣岩便回了上海，头天夜里回酒店，荣岩一进大堂就吐得一塌糊涂，之前在老方家他就吐过（想必是听说过周公一饭三吐哺这个典故，其实这个周公也够累的，要辅佐成王，还要建立分封和礼乐制度，为了不得罪人，连顿饭都吃不踏实），是狗子找来拖布帮他打扫干净的，据说当时服务员都傻了，从没看过这样的情景。

荣岩是徐州人，大学毕业后在嘉定一所学校教美术。这回听说他因为要去德国，正准备把工作辞掉。阿坚前些年去过荣岩老家，说了他家的一些情况。荣岩母亲在当地开托儿所，父亲在歌舞团跳领舞（好像还当过团长），曾经在芭蕾舞剧《红色娘子军》中扮演过洪常青，平时也喜欢喝大酒，说是有一次他爸喝大了对他妈不敬，然后便躺在床上呼呼大睡。荣岩气愤不过，抓住他爸的脚，生把他从床上拖下来了。当时荣岩才十岁出头。他爸当场被震住了，也没敢怎么着他。

荣岩爷爷是杀猪的，在上海都很有名，号称猪肉荣，前年刚去世。荣岩身上的蛮劲儿大概是从爷爷那儿遗传过来的，再往前推到陈胜吴广也不一定，所以多少还带着一些古风。徐州地区在春秋时期叫徐国，春秋后期归属吴国。《徐人之歌》中"延陵季子兮不忘故，脱千金之剑兮带丘墓"，说的就是吴国延陵季子挂剑于徐君墓前的传说。

吃过早饭我们出发去诸暨，小炜说学校有事，也走了。就剩下我、立冬、阿坚、孙民和狗子外加司机小蔡几人。后来方闲海说，荣岩回到上海给他打了个电话，说书包落他家了。方闲海又叫了个快递，把荣岩的书包递到上海。

2. 老葛

正要出发时在停车场见到老葛，打个招呼就算告别了，本想上高速给他发条信息来着。

老葛是台州大溪人，小时候在寺庙长大的，老葛记得那个寺庙叫广延寺，他的爷爷在寺里当长工。当时广延寺有两千亩地，全在半山腰。寺里有一棵很粗的大树（应该是银杏树，因为寺庙里大多是银杏树），要好几个人合抱。

阿坚说台州西北那边的天台山有个国清寺，寺内有一株隋代高僧种植的梅花树，一块石碑上还刻有王羲之写的鹅字（突然想起在兰亭一块石碑上刻着王羲之的鹅池）。

张炜是黄岩人，跟老葛说来还是老乡，老葛记得过去吃海鲜要翻山越岭，走三小时的山路才能到大溪。现在修了路，从大溪开车到黄岩不到十分钟。但黄岩似乎不靠海，怎么会有海鲜呢？另外，把老葛归为越人比较勉强，因为最早台州只是土著居民群居的地方，春秋时期叫东夷（三夷），战国时叫瓯越，直到秦朝才归属闽中郡。虽然有报道说，前些年在温岭凤凰山出土过一些春秋战国时期的文物。

我曾经试图分辨这些朋友中谁来自吴国谁是越国，结果徒劳。

古人如何判断吴人和越人之间的差异就简单了，虽然都是被发文身、雕题交趾，《国策·赵策》中说，被发文身，错臂左衽，瓯越之民也；黑齿雕题，鳀冠秫缝，大吴之国也。什么意思呢，就是留着短发刺着文身，穿左衽衣服露一条胳膊的是越国人。牙齿是黑的，额头上纹有图案，而且戴着用粗针大线缝制的鱼皮帽子的便是吴国人，他们还真不嫌腥。有人考据，吴人之所以牙齿黑，是因为喜欢吃槟榔，并且把这个习惯由他们的后代带到越南和台湾一带。至于额头觉得没什么好纹的，因为过于狭窄，要纹顶多纹两条眉毛，眉心再加个太阳什么的。

见过四眉面具，因此，所说并非无端推测。

从风俗上讲，吴人信鬼神，好淫祀。强弱相敌，事类讲武。但对越人的评价就比较负面，说他们性脆而愚，水行而山处，以船为车以楫为马，往若飘风，去则难从，锐兵而死。《汉书》也说，越人愚戆轻薄，负约反复，其不可用天下之法度，非一日之积也。

戆字有些人不认识，但一说戆头戆脑就全明白了。

3. 西施故里

杭州离诸暨一百公里多点儿，开车开了一个半钟头。

诸暨山清水秀，一看就是出美女的地方。有人认为诸暨曾经做过越国的都城，证据是宋 嘉泰《会稽志》："《国语》云：越臣于吴，吴更封越，南至句乘，即此地。"《水经注·浙江水》也说："越王都在土卑中，在诸暨。勾践之地，南至勾无。"现在比较稳妥的说法是勾践在勾乘山图谋复国之所。

到了诸暨后，我们先去看了西施故里。西施故里也叫浣纱庙或者西子庙，是西施的出生地。隔一条马路就是浣江，不远处便是浣纱大桥。

售票处边上的告示上标明门票五十块钱一张，六十岁六五折，七十岁免费。阿坚六十岁，跟卖门票的出示身份证后，门票打六五折。虽然这把年纪，阿坚看上去身体比我和狗子都硬朗。对此阿坚的解释是毁的晚，他在四十岁时才有男女之间的事，五十岁才开始抽烟喝酒。之前一直保持着健康的生活方式，爬山、游泳、打网球。现在不管怎么折腾，都等于是在吃老本。

早上退房的时候，服务员检查房间，发现地毯被烟头烧了一个小洞，另外还喝了几听饮料计二十四元。我觉得地毯的钱应该由阿坚出，于是，阿坚不情愿地出了一百块钱。即便不烧地毯，我们房间的茶几上也总是蒙着一层烟灰，抽烟的人就是这样，不但自己不讲卫生，也不太照顾别人的感受。但是我不反对抽烟，要抽就抽的干净漂亮、一尘不染，不要抽的如此邋遢。

讲解员是个美女，长得细致文静。她先是给我们介绍了西施的身世，说她父亲靠在苎萝山砍柴，母亲则是靠浣纱也就是给人洗衣服为生。相比之下，郑旦家境略好，父亲是渔民，主要是在河对岸的金鸡山下的鸬鹚湾捕鱼。把两位美女献给夫差，是因为勾践在吴国当马夫期间，看出夫差喜欢美色。

至于东施也是确有其人，她的名字叫施采萍，长相也不像人们想象的那么丑。

西施故里面向浣江，背靠苎萝山。苎萝山又称罗山，因盛产苎麻而得名，是诸暨市向东延伸的支脉。山虽不高，却因为是西施出生地而成为古越名山。李白曾经在《西施》一诗中写道：西施越溪女，出自苎萝山。说着，讲解员指给我们看山上不远处几丛苎麻，它们在草丛中十分不起眼。苎麻属荨麻类植物，又称野麻或野苎麻，剥其皮可以绩布（据说饿急了还能吃，弄不好还能当草药），苗高七八尺，至春自生，不需栽种，间岁三刈。可是，我们看到的那几丛苎麻，还不到一尺高。不知道是没长好，还是退化了。

进入古越台大殿，看到里面有一组勾践、范蠡和文种的雕像，看着像是木质。三人一个模子，都是浓眉大眼，就连勾践和文种的胡子都是一样的，只是衣着略有不同。而范蠡则是一身铠甲，感觉像个赳赳武夫。讲解员讲了范蠡经商和跟西施的故事，说他去世时有一说是七十三岁，还有一种说法是八十八岁。即便是七十三岁，在古代也算高龄了。

接着，讲解员又把我们带到一个长廊，指着墙上的一幅壁画说，西施爱吃鸭子，夫差命筑鸭城蓄鸭，饲以拌有香料脂油之上等白米。待其硕大，进于西施。又以西施喜食鱼，筑鱼城，喜食鸡，筑鸡坡，喜饮女贞酒，筑酒城。穷极奢侈，几乎荒废朝政。

我曾经在一本书上看到一则注释，指鸭城在无锡东南，鸭城边上还有一个麋城，用于饲养麋鹿。按照之前的逻辑，西施应该喜欢吃鹿鞭、喝鹿血。此外，还有一座犬山也比较有名，它也叫吼山，但是跟西施无关，相传勾践为获得白鹿敬献吴王，为越国的休养生息争取时间，便在今绍兴皋埠镇的吼山驯养捕鹿的猎狗，后来逐渐发展成越国的养狗基地。还有一处走狗塘，不知道是不是跟吼山是一回事。如果西施真的爱吃狗肉，搁到现在肯定掉粉儿。

再有就是今上虞市东关镇的鸡山和豕山，相传是勾践当年养鸡养猪的地方，《越绝书》载："鸡山、豕山者，勾践以畜鸡豕，将伐吴，以食士也。"

好色必然性急。长廊里有一幅画，说的是夫差闻齐鲁不和，率兵伐齐，预令人于句曲筑别馆，遍植楸梧，号曰梧宫，使西施移居避暑。迨夫差胜齐回新宫，西施迎拜。夫差曰：孤使美人居此，正欲相见速也。这里说的句曲，应该指的是位于江苏句容市东南的句曲山（又称茅山），而率兵伐齐，则说的是公元前四八四年，夫差听说齐景公已死，便联合鲁国进攻齐国。五月二十七日，双方在艾陵（今莱芜东北）展开大战，吴鲁联军全歼齐军十万人，并获革车八百乘，甲首三千。在我的印象中，句容与丹徒相距不过四十多公里，联想到李伯谦教授的吴国势力起于宁镇地区说，似乎也不无道理。

夫差胜后，吴齐暂时结盟。子胥屡谏吴王，说伐齐无用，"越不为沼，吴其沼矣"。越国不可不除。夫差对伍子胥的谏诤十分不满，加上伯嚭的谗言（主要是说伍子胥跟齐国暗中媾和，并且把儿子送到齐国鲍叔家抚养。根据《吴越春秋》改变的昆曲《浣纱记》，便有一出《寄子》，说的也是这件事），公元前四八四年丁巳，夫差赐伍子胥属镂之剑，迫使其自杀。后来勾践让文种自刎时，又把这柄属镂剑赐给了文种。文种在这柄剑的寒光中不但明白了勾践的意思，也看到了伍子胥的冤魂。按照《寄子》的剧情处理，冒死谏诤的伍子胥因为看到了灭族的危险，才把儿子寄养在齐国的。

还有一幅壁画说的是范蠡养鱼池。《嘉泰会稽志》载："南池，在县东南二十六里会稽山，池有上下二所。旧经云，范蠡养鱼于此。"在今绍兴市坡塘乡盛塘村有坡堤，东西向，全长约一百六十米。

另外，讲解员还给我们说了沉鱼的掌故，西施入吴时，经过一个叫白鱼潭（音）的地方，水里的鱼被西施的美貌吸引，纷纷浮到水面观看。因为鱼的眼睛长在两边，如果想看清楚只能侧过来，侧着侧着就躺到水底了。这就是沉鱼的来历，至今白鱼潭还有一个沉鱼池呢。

我比较感兴趣的是一幅西施入吴示意图，大体路线是由绍兴经萧山、杭州、余杭、马回岭、桐乡、嘉兴、吴江，最后到达吴县的灵岩山。

离开长廊往山坡上走，会经过夷光阁，应该用于纪念西施的，因为西施的本名叫施夷光。据说西施生下时漫天霞光，父母觉得这是一个非常好的征兆，于是便给她取了这个名字。

最后我问讲解员，西施是否确有其人。问完就后悔了，因为这个问题毫无意义。讲解员却认真回答说，有两件东西可以证明，一件是吴王夫差盉，上面铸着"吴王夫差金铸女子之吉器"。当年由收藏家何鸿章（音）收藏并捐献，现存上海博物馆。盉是礼器同时也是调酒器，古人在祭祀时将樽里的酒倒入盉中，加以水调节酒的浓淡，而不是我们现在理解的调制鸡尾酒。另外还有一件伍子胥画像镜，上面铸有越王勾践、伍子胥和越二女像。关于这面铜镜我略知一二，就没认真听讲解员讲（分神来着）。

后来我们又来到江边浣纱处，发现那组著名的浣纱女铜雕不见了，只看到一块浣纱石。浣纱石边上一块小木牌上写着：两千五百年前，苎萝山南是一湾绿水，与浣江相连。家住苎萝西村的西施姑娘，常与伙伴们一道，沿着山脚小路到此浣纱。石上"浣纱"二字为东晋王羲之题写。唐代李白曾驻足此处，写下《浣纱石上窥明月》的诗篇。

后来终于在河对岸的鸬鹚湾找到了浣纱女的那两组铜

雕。鸬鹚湾也叫郑旦故里，是后来开发的。一组铜雕在岸上（离河边有四五十米的距离），几个村妇在水边喂鸬鹚（应该跟郑旦有关）。另一组是在浣江水边浣纱，站在最中间的应该是西施，她的胸部和手臂被游人抚摸得锃亮。这组铜雕本来在河那边的浣纱处，后来扩建，也使景点开发的东西更集中，便把这组雕像移至金鸡山脚下。

岸上有一棵樟树，树龄大约有四百五十年，树上系着很多红布条。

值得一提的是狗子，我们在河边寻找浣纱女铜雕时，他一直待在车里。狗子在很多人看来确实就像杜尚所描述的那样，沉默、缓慢、独处，但孙民猜测，狗子对美女不感兴趣，是因为这些年被她们伤害的太深了。

4. 老蒸菜馆

中午到一家叫老蒸菜馆的餐馆吃饭，老板娘给我们推荐了猪脑蒸豆腐、肉松、自制三鲜、本地小鲫鱼、鲫鱼籽、鳗鱼干、干头菜、毛笋干、蒸芋艿、蒸双臭等。狗子要了一份海带汤，因为连续半个多月喝大，开喝之前他必须先解酒。我也是不胜酒力，喝了一瓶苹果汁。在杭州的时候，老葛说诸暨出一种白酒叫同山烧（音），六十二度，当地人调蜂蜜喝。我知道用蜂蜜酿酒十分普遍，但是同蜂蜜调酒，还是头一次听说。

问老板娘有没有西施豆腐或者西施舌，她显出很诧异的样子。西施舌这道菜的来历，据说是由于西施被越国太后绑上石头投入江中后化为蛤蜊，吐着舌头向人们诉说冤屈。总之，听着比较惊悚，不吃也罢。二毛考据，西施舌其实属于闽菜，早在宋代就有记载了。宋人胡仔在《苕溪渔隐丛话》中说："福州岭口有蛤属，号西施乳，极甘脆。"清代周亮工在《闽小记》中夸："闽中海错，西施舌当为神品。"李渔《闲情偶寄》也说："海错之至美，人所艳羡而不得食者，为闽之西施舌。"西施舌最大的特征是"壳长约为壳宽的两倍"，西施舌的斧足长似人舌，雪白鲜嫩，绝非文蛤类所能比拟。西施舌的常见做法是做汤，闽菜中有炒西施舌、油条西施舌、氽汤西施舌等菜式。

餐馆有一只金毛，有时趴在楼梯口，有时守在收银台前面的黄酒坛子旁边。我们离开餐馆时，它急匆匆地上了楼梯。

这次来杭州没见到绍斌，他就是诸暨人。头一次来杭州，我和老葛去他在三台云舍96号开的诸暨菜馆，当时绍斌介绍自己是西施老乡时，我对西施还所知甚少。

那天我们吃的菜有清蒸白条、西施豆腐、鲞蒸肉饼、咸肉炖春笋和蒸三鲜等。其中蒸三鲜是把肉卷、猪肚条和煎猪皮在一起蒸出来的，猪肉皮要预先过一下油，而肉卷要用鸭蛋做皮，而不是鸡蛋，因为鸭蛋做皮才不容易破，而且吃着筋道。

西施豆腐又叫分岁豆腐，是诸暨人过年吃的，由鸡汤打底，豆腐必须是卤水点的。鲞蒸肉饼，讲究的是咸鱼要够咸，这道菜吃着才香，而肉饼要肥瘦相间，用刀剁而不是用绞馅机绞，这道菜几乎是被我一个人吃完的，很少有什么菜能像鲞蒸肉饼一样，既下饭又下酒。还有一道腌肉炖春笋，邵斌说这道菜的要点是，腌肉晾晒的时间要长，最好三年以上，这样才能充分被阳光分解（这句话的意思我不太懂）。不要怕肉变哈喇，炖春笋有一些哈喇味正合适（但我后来听到的另一种说法是，制作腊味的时间很有讲究，不能哈喇也不宜过咸）。绍斌说诸暨菜属农家菜，它既不麻辣也不清淡，讲究食材新鲜。诸暨菜的另一个特点就是讲究柴火的利用，所以蒸菜比较多。

诸暨跟西施搭边的美食，有一种叫西施团圆饼，它是用面粉或荞麦粉做皮，馅里有萝卜、青葱、辣椒及鲜猪肉，包好后压成扁圆状，用文火煎烤。这次也没吃到。

五．绍兴

1．棘地

到了绍兴，便直接来到仁里，鲁迅故居就在这条巷子。鲁迅似乎不喜欢故乡，称绍兴为棘地，名士多于鲫鱼，琵琶盛于饭僧，自从离开就没再回去过。但有人认为，正是绍兴培养了他那放浪形骸的奇特风骨。鲁迅对越人的身份还是认同的，晚年引过同乡王思任的话说："会稽乃报仇雪耻之乡，非藏垢纳污之地。身为越人，未忘斯义。"而且他还收集整理过《会稽郡故事杂集》，为的是用遗邦人，庶几供其景行，不忘于故。

鲁迅身上有典型浙东人的气质，疾虚无，褊狭好斗，动不动就吹胡子瞪眼。史书上也说：吴越之君，皆尚武，故其民好用剑。到了鲁迅这儿，剑改成了匕首和投枪。

春秋时绍兴的称谓为会稽、山阴，复随陵陆而耕种，或逐禽鹿而给食，算是相当富庶（见《吴越春秋》）。《风土记》也说：越俗性率朴，初与人交，有礼，封土坛，祭以犬鸡，祝曰：《越谣歌》：君乘车，我戴笠，他日相逢下车揖。

君担簦，我跨马，他日相逢为君下。

那天天气很好，我、狗子、阿坚和孙民在步行街闲逛。老街上有绍兴老堂吃、绍兴黄酒馆，还有卖梅干菜饼的小摊儿。在孔乙己土特产专卖店，我让狗子戴着眼镜，手里捏一粒茴香豆，在孔乙己雕像旁边照了一张相，真是惟妙惟肖。

看到一家绍兴越国文化博物馆，想了想没进去。

天工坊是一家经营琉璃器的店铺，门口有一个有关琉璃起源的介绍，大意如下：

琉璃相传是公元前四九三年范蠡督造王者之剑时所发现的。范蠡认为这种物质经过了烈火百炼，又有水晶的阴柔之气暗藏其间，是天地阴阳造化所能达成的极致，于是将其随剑一起贡献给越王（后来的故事大家也都知道了，我就不在此复述了，反正民间文本就这么邪乎。信则灵）。范蠡离开越国后，勾践深感痛惜，依法烧制"蠡"器，耗时十年之久。相传烧成之日紫气东来，满天流云霓彩。勾践得此重宝老泪纵横，仰天长啸：天工自成。从那时起，古越国王室烧制琉璃的机构称"天工坊"。

离天工坊不远，有一家西施泪珍珠馆，主要经营来自诸暨山下湖的淡水珍珠。关于西施泪珍珠的来历，据传是西施在浣纱时流下的眼泪落在河蚌里，久而久之便成了珍珠。至于西施为什么流泪，有两个说法，一是因为越国被吴国打败，一是自己要去吴国当妃子，但又不情愿（主要是不想离开范蠡）。这跟前面琉璃的来历如出一辙，民间话语的特点就是迎合想象，而且说着顺嘴便于流传。

如此看来，美人的眼泪不但能打动英雄，还有许多实际用途。当初没有用小瓶把西施的眼泪储存起来，真是可惜了。在绍兴的时候，我用手机拍了一张西施泪珍珠馆的介绍，回到北京后，这张照片莫名其妙地从手机里消失了，只好麻烦小姚替我拍一张。可是当小姚找到这家珍珠馆时，门前的介绍文字不见了，一打听是被城管收走了，以上的介绍，是小姚从珍珠馆的售货员那儿听到的。想起在苏州的街巷里，经常能看到现场开蚌采珠的小摊，摊主声明蚌里会有大约二十至三十粒珍珠，没有珍珠不收钱。

这时接到石磊电话，说过一会儿他和小郑、小姚来找我们。小姚是当地人，石磊和小郑是从杭州过来的。乌篷游船码头旁有一块介绍投醪河的牌子，上头写着公元前四七五年勾践出师伐吴，越国父老箪醪劳师，勾践下令将酒倒入河中，将士迎流而饮，士气大振，一举消灭吴国，投醪河因此而得名，它确切的位置应该在河道的中上游。

史料记载：大吴王小吴王郫，并是阖闾夫差伐越所舍处也。今悉民居。然犹存故目。昔越王为吴王所败。以五千余众，栖于稽山。卑身待士，施必及下。《吕氏春秋》曰：越王之栖于会稽也。有酒投江，民饮其流，而战气自倍。所投，即浙江也。

我觉得越国将士们喝的醪如果是醪糟，那还真不至于士气大振，因为醪糟本来度数就很低，再倒到河里就更微乎其微了。不知道土地革命时期，红军战士在遵义的河边用倒了茅台酒的河水洗脚，是不是受了越人的启发。

马路对面有一家古玩城，看上一件汉代的谷纹玉璧，要价五万。正在迟疑之际，阿坚打来电话，说石磊他们到了。大家会合后，我们沿原路返回，虽然也就五点多钟，我看到一家店铺的女售货员们已经开始上门板，记得小时候管商店关门还叫关板。

这时天气变得炎热，街上有壮汉光膀子。

2. 楚宛

立冬因为公司有事，要乘高铁回上海。他把车留给我们使用，并跟司机小蔡做了交代。来南方之前，一次在北京吃饭的时候跟立冬聊天，立冬就说范蠡和他的老家都是在南阳。

范蠡，春秋末期楚宛三户人。经考据就是现在的河南淅川县的三户邑，即楚国时的南阳。也有人说范蠡老家是在宛城区黄台岗三十里屯。今南阳通往内乡的公路上有一处商圣苑，里头供奉的就是被当成财神的范蠡。它的背后就是南阳三户山。如此说来，立冬跟范蠡还是老乡，因为立冬就是淅川县人。

《水经注》中有一则是关于三公城的，说三公城侧有范蠡祠。蠡，宛人，祠即故宅也。后汉末，有范曾，字子闵。为大将军司马。讨黄巾贼。至此祠，为蠡立碑，文勒可寻。夏侯湛之为南阳，又为立庙焉。

立冬说上世纪六十年代修丹江口水库，他们李官桥乡整体被泡在水下。水库工程引发了当年最大的移民潮，很多人背井离乡，最远到了青海和湖北的钟祥。立冬他们家属很少一部分留在当地的。水库用于发电，建成后电费是原来的三分之一。我跟立冬认识有几年时间了，他从上海来北京出差经常会请我们吃午饭，晚上他通常会有商务宴请。狗子对此颇有微词，因为基本上都是头天大酒早上起不来床。而且中午一喝酒，下午和晚上就搭进去了。

当时我就注意到立冬有记笔记的习惯，他认为这是对对方的尊重，但也给对方压力不小，说话的时候会变得谨慎。看到立冬掏出笔记本，我则本能会说一些名言警句，有时喝大了还会在他的小本上涂鸦。立冬修行好，对我的举止并不是特别在意（至少在表面上）。

立冬说的丹江口水库横跨鄂豫两省，库区主要分布于河南省淅川县和湖北省丹江口市境内。于一九五八年开工，一九六八年第一台机组投产发电，其间因大坝出现严重质量问题停工了一段时间。后来丹江口水库成为南水北调中线工程的源头部分，该工程从丹江口大坝加高后扩容的丹江口水库调水，经陶岔渠首闸（河南淅川县九重镇），沿豫西南唐白河流域西侧过长江流域与淮河流域的分水岭方城垭口后，经黄淮平原西部边缘在郑州以西孤柏嘴处穿越黄河，继续沿京广铁路西侧北上，可基本自流到终点北京。据说自二〇一四年秋后，北京人喝的就是南水北调的水。

但也有人认为南水北调工程是失败的。就拿中线工程来说，中线现在基本建成，等汛期后约九月或十月正式通水。

可水源地丹江口水库二○一四年的水位仅有一百四十米，离渠首一百四十七点三三米的渠底还差好几米呢。长期来看，丹江口水库历年大约每年来水四百亿吨，若按照中线设计调走一百亿吨，已经是勉为其难。如何让水库蓄满水以保持高水位，如何让水从低向高流动（除了使用耗电量极大的大功率的水泵），成了困扰人们的巨大难题。就算北京人喝到了南水北调来的水，其成本已超过预先计算的七十多倍。

一九七七年丹江口水库放水，在下游龙山南段冲出来春秋战国时期楚国墓葬群。其中一座较大的墓葬中发掘出一件楚庄王（公元前六一三年–公元前五九一年）的蟠龙纹青铜酒禁，但墓葬的主人经考据却是楚庄王的儿子，也是楚共王（公元前五九○年–公元前五六○年）的弟弟王子午。

墓葬被盗严重，只有少许几件圆鼎、编钟、编磬以及兵器和车马器等，这件青铜酒禁被发现时也是碎成很多碎片，好些专家粘了三年才粘上。我觉得楚国青铜器的纹饰过于繁密（看着就像是一窝窝的小蛇），除了图腾崇拜的因素外，这跟楚国的工匠刚刚掌握了失蜡法技术有关。这项技术不同于浇铸法，可以在青铜器上制造出一种近似镂空的效果，这个新鲜劲儿且过不去呢。这个时期纹饰繁复的器型之多，以至于伍子胥、范蠡和文种都不同程度地患上了密集恐惧症，从而先后离开了楚国。当然，这是我个人的猜测。

其实，楚庄王的时代比伍子胥早很多，离公元前五○六年伍子胥带兵入楚，鞭尸楚平王过了将近一百年。有资料说，范蠡和文种离开楚国是在楚荆王时期。但楚国国君在楚庄王之后是楚昭王和楚惠王，我对这个荆王所知甚少，只听说过掩袖工谗这个成语。说魏王送给楚荆王一个美女，美女不懂规矩，听了嫉妒她的楚荆王夫人郑袖的话，在楚荆王召她的时候把鼻子掩上以讨荆王的欢心。后来郑袖对荆王说，美女这样做是因为她的鼻子里有臭气，楚荆王于是乎便把美女杀了。

3. 仓桥

仓桥直街果然很直，一直走不用拐弯，直到走到一家名叫小绍兴菜馆。绍兴菜十碗头。都已经到了餐馆了，狗子突然说他坚持不住，又回车里睡了半个小时。菜单：春笋蘑菇烧豆腐、绍兴卤酱鸭、鱼丸、蒸双臭、醉花蛤、炸响铃、炸小土豆、油爆河虾、韭菜炒鱿鱼等，除了阿坚和孙民喝啤酒，其他人主要喝黄酒，我因为连日舟车劳顿，加上有些感冒，嗓子说不出话，各种体力不支，不到九点钟就喝晕了。

把我送回酒店后，其他人又换了个地方接着喝到很晚。阿坚第二天说我把小郑灌成了话痨，一晚上都在说古代的剑如何好，心术不正的人不能直视。

4. 河姆渡

早上起来，跟阿坚下楼吃早点。老年人生活习惯都差不多，不管头天晚上睡多晚，第二天肯定起大早。酒店对面有一家美食美客，有灌汤包、阳春面等。但阿坚不愿过马路，坚持要往前面走，最后在草巷弄找到一家小铺，点了豆浆、豆腐脑、茶鸡蛋和一屉小笼包子。本来阿坚张罗去吃沙县小吃，这就是阿坚，不管去什么地方，当地有多少特色早点，他必定去吃沙县小吃。

孙民跟狗子睡一个房间，他说狗子最近又新添了毛病，睡觉的时候把短袖衫套在头上，可能是怕黑，但关灯后也不把短袖衫拿掉。吃过早饭，我们在酒店门口等小姚，头天晚上他把我们安顿好后，自己回家睡了。小姚是余姚人，典型的越人相貌，吊睛，方脸。关于吊睛，小郑认为跟古人束发的习俗有关。小姚虽然没有束发，却留着长发并带着发卡，俨然一件活化石，河姆渡博物馆就在他们家边上。

我注意到地上有一只死蝲蝲蛄，马路对面有一家专治鸡眼和灰指甲的诊所。想起过去听到过一种说法，人患脚气跟平时喜欢吃大米有关，不知道南方人是不是会因此改吃面食。

我们先是到解放路的绍兴博物馆，老博物馆在延安路上，看到一些河姆渡文化和良渚文化的遗存。原来越地也称大越，最早的首领叫无余。据《吴越春秋·吴王无余外传》载："无余始受封，人民山居，虽有鸟田之利，租贡才给宗庙祭祀之费。"经过千年传至允常时，才开始逐渐强大。展品中有几件青铜器和陶器，其中有一件外观像水雷似的黑衣陶敦，一件新石器时期的鱼鳍形足陶鼎，反映出当地人早期的渔猎活动。考古发现，生活在东南沿海，"饭稻羹鱼"的古越人，在六七千年前即轻舟渡海，河姆渡文化遗址出土的木桨、陶舟模型与许多鲸鱼、鲨鱼的骨骼，都表现了海洋文明的特征（见《文史杂志》一九九九年第四期）我觉得有一段时间咱们太渴望海洋文明了，一跟水沾边就联想到海洋文明。

跟杭州一样，绍兴的历史也可以追溯到上古时期，因为舜就是上虞人，绍兴至今还有舜王庙、舜江、舜井等遗迹。展品中的青铜器中有一件西施山遗址出土的战国镂空凤纹青铜镜，还有越王专诸鱼肠剑、越王不光剑，以及越王勾践剑的复制品。

有两张照片分别说的是吴越两国的国界桥、界河，位于嘉兴市城南旗杆下，是当年吴国和越国的国界，公元前四九六年的檇李大战就是在这儿爆发的，吴国战败，阖闾负伤而卒。据说他是在混战中被越国的一个名叫灵姑浮的将士用戈把大脚趾头砍掉（我认为阖闾负伤，是看越囚自杀表演过于入迷，再有就是越国人射箭的方法也把阖闾迷住了，他们认为把箭往天上射能射得更远，结果射出去的箭全落在五步之遥。这可不是我编的，而是《淮南子·说山训》里说的：越人学远射，参天而发，适在五步之内，不易仪也）。最后，阖闾逃到一处叫陉的地方，大概是春秋楚地在河南郾城境内，反正逃的够远的，不然的话，怎么会流血过多而死掉呢。

还有一则关于《越人歌》的介绍：据刘向记载，楚康王之子鄂君子皙泛舟湖上，越女拥楫而歌，因越女用本地方言唱，子皙不懂，就请人翻译成楚语并记录下来，后由刘向译成汉语。因为歌词好多字不认识，查起来太麻烦，这里就不做抄录了。

5. 种山

从博物馆出来我们到了绍兴府山，一进门便看到两个胖女孩儿手拉手，一路走一路装哭。这时气温陡然升高，没爬几步便开始出汗，头天晚上的酒也随之基本醒了。

府山又称卧龙山，因越大夫文种死后葬于此山，故又名种山。我们来此的目的正是为了看文种墓，它位于府山东北隅。《越绝书》载："种山者，勾践所葬大夫种也。"本以为会很有规模，其实也就是一个石砌的土堆（上面开满了蓝色的小花），外加一个石亭，里面一块墓碑铭"越大夫文种墓"。山坡上长着数株被当地人称为瑞草的茶树。有人对文种的评价不高，认为越灭吴后没有听从范蠡的话离开是因为留恋功名，真是把文种看小了。

《吴录》云：胥山在太湖边，去江不百里，故曰江上。文种诚于越，而伏剑于山阴。越人哀之，葬于重山。文种既葬一年，子胥从海上负种俱去，游夫江海。故潮水之前，扬波者伍子胥，后重水者大夫种。

后来又去看摩崖石刻（又叫龙山题名），共有四块，一块是唐贞元时期的开山刻石，记述的是开山日期；一块是种山二字，系越大夫文种墓在此而得名记；还有一块刻着於越二字，为禹王六世夏帝少康封其庶子领地於越之文出（古代於越部族传说很多，见于记载最早文献是今本《竹书纪年》）。另外一块写的是动静乐寿，系明朝绍兴太守汤绍恩所书。看周边的状况，本来可能还有其他石刻，但是后来被毁坏了。

看完石刻，离午饭时间也就差不多了，所以没接着往山顶山爬。山顶上有两个亭子，分别占据着制高点。其中一个叫飞翼亭，用于瞭望敌情。另一个亭子蓬莱阁的作用就不得而知了。另有史料说，山上有白楼亭，亭本在山下，县令殷朗移置今处。

下山的时候，看到一个中年妇女在山坡上采摘什么，小姚说她是在采蕨菜，在他们当地，吃蕨菜很普遍，主要是清炒或者跟腊肉一起炒。山下有一处僻静院落，走近看是一家茶馆，想到这次行程太过匆忙，居然连喝茶的时间都没有。

在一个不大的文化广场的亭子里，有几个中老人在唱绍剧《穆桂英挂帅》。小姚说绍剧在当地又叫大戏，过去一般都是有人去世时才唱，即所谓的道场。六小龄童的父亲六龄童过去就是唱绍剧的，而且唱绍剧很少有女的。我听不出来，开始还以为他们唱的是越剧。

府山底下有一段很矮的城墙，原来府山在春秋时就是越王王城。小姚又带我们看了看越王台，原来，古越龙山的商标就是从这座越王台来的。

6. 越医

种山旁边有一家越医博物馆和一家中药房，博物馆没开门，我便去中药房买了一盒治嗓子的含片。这些日子舟车劳顿，有时居然说不出话。

根据史料记载，春秋时期的中医已经十分发达，虽然还没有《黄帝内经》（关于《内经》的成书有各种说法），但已经有《五十二病房》和《阴阳十一脉灸经》，不仅系统说明了经络理论，还可以分出内科外科，但发掘的药材很少，就是诊断出病也开不出方子，因此，砭石、针灸、推拿等非药物治疗手段比较时兴。巫术以及心理疗法等也应运而生，这就免不了在治病的时候用一些奇招怪招。

有一回齐王田地生病，御医看不好，就找到一个叫文挚的医生。文挚听了症状后，说要治好齐王的病，就得让他发怒。但齐王一发怒，自己就得死，因为除他之外，没有人敢激怒齐王。要知道那时的君王都是暴脾气，极难伺候，弄不好就得杀头。

来人好说歹说，文挚终于答应了，他激怒齐王的办法是连续失约三次，好容易来了后不脱鞋就上床，还故意践踏齐王的衣服。另外，还满口污言秽语，绝口不过问齐王的病情。齐王一怒之下，把文挚烹了，当然病也好了。这并不是极端的例子，实际情况是只要是给国君治病，一般的情况都是不管治好治不好，医生都得送命。比起当时的医患矛盾，现在的医生的处境要好得多。

但是医学再发达也是治病不治命，槜李之战，阖闾不过就是脚踝受了箭伤，便由化脓转成败血症，后来居然因此而丧命。临终嘱咐夫差一定要报仇，既没说两国之间要世代友好，也没说要高瞻远瞩，以大局为重。

槜李（也作槜里）在绍兴与苏州之间（偏绍兴近些），就是今天的嘉兴，历史上一度叫由卷。《神异传》曰：由卷县，秦时长水县也。始皇时，县有童谣曰："城门当有血。城陷没为湖。"有老妪闻之，忧惧。旦往窥城门。门侍欲缚之。妪言其故。妪去后，门侍杀犬，以血涂门。妪又往，见血，走去不敢顾。忽有大水，长欲没县。主簿令干，入白令。令见干曰："何忽作鱼？"干又曰："明府亦作鱼。"遂乃沦陷为谷亦。因目长水城水曰谷水。《吴记》曰：谷中有城，故由卷县治也。即吴之柴辟亭。故就里乡，槜里之地。秦始皇恶其势王。令囚徒十余万人，淤其土。表以淤恶名。改曰囚卷，亦曰由卷也。吴黄龙三年，有嘉禾生卷县。故曰禾兴。后太子讳和，改为嘉兴。《春秋》之槜里城也。

除了余新蜗牛和海宁绿毛龟外，桐乡槜李也是嘉兴著名的土特产，古代常作进贡帝王之贡果。槜李原产于古槜李城附近，《春秋》杜预注曰："吴郡嘉兴县西南有槜李城，其地产佳李故名。"槜李果实形圆而微扁，蒂短而底平，能平置于桌上，别的品种的李子则不能平置。区别槜李的另外一个根据就是槜李熟透时，其皮内果肉会化成浆液状。考究的吃法是先轻轻拭去果粉，在皮上剥开一个小口，肉浆可一吸而尽。

西施和檇李的故事在当地更是家喻户晓。春秋时候，这一带本是吴国与越国交界之地。这年春天，西施被送往吴国，一行人从会稽出发，过钱塘，沿古道北进。当她们路过檇李城的时候，举目所见，遍地李树上开着雪白的李花。西施禁不住低声吟叹道："故园李花引乡愁，此去茫茫几时归？"

西施进入吴宫，吴王夫差果然被她的美色所动，整天相伴不离。这年暑夏，越国向吴王进贡一批李子，夫差马上命宫女将这些李子送给西施品尝。西施听说这是故国送来的李子，触物生情，又回忆起春天漫游李园的情景。

一会儿，吴王走进宫来，见宫女送来的李子，还原封不动放在案几上，就讨好的说："爱妃，这样好的贡果，为何不尝？"

西施答道："这李子采下来太久了，味已不鲜。"

"我命他们立即贡来一些新鲜李子！"吴王说着即欲传旨。

西施摇摇手说："两地相距遥远，路中耽搁难以保鲜。我想去李园亲自采摘品尝。"听说西施要出游品李（这点比后来的杨贵妃强），吴王一口应从。于是兴师动众，选派一批宫女，陪西施前往李园。

那成熟的李子，青里透红，密缀黄点，外披白粉，其味诱人。西施随手采下一颗，用指甲在李子顶部轻轻一拍，顿时果汁横溢，香气入鼻。放到嘴边一吸，李汁犹如甜酒。西施连吃数颗，竟被醉倒了。从此，人们就给这里的李子取名为"醉李"。因醉与檇同音，且这座城池名檇李，后来人们就把这里的李子称为檇李。

说也奇怪，自从西施来过李园以后，这里长出的檇李，果子顶部都有一条形似爪痕的瘢纹。人们都说，这是西施吃檇李时留下的指甲印，称它为西施爪痕。清朝朱竹垞太史曾在"鸳湖櫂歌"中写道："闻说西施曾一掐，至今颗颗爪痕添。"

7.螺蛳

去吃午饭的那家餐馆的名字有点儿怪，叫男眼睛螺蛳摊大酒店，据说这家餐馆的前身是一个在大桥底下卖螺蛳的小摊。而小姚选择在它们这儿吃饭除了近外还有一个原因，就是现在正是吃螺蛳的季节，按当地话讲，就是吃钉螺，赛过鹅。所以第一道菜要的就是酱爆炒螺蛳，但我没怎么吃，主要是嫌麻烦并且缺乏耐心。

其他菜还有绍式三鲜、干菜汪刺鱼、非一般蒸双臭、冬芥菜蒸东坡豆腐、毛笋烧肉、绍兴醉鸡、酱煸鱼籽、鲁镇醉蟹钳以及西施豆腐羹等。还有一道叫白产，忘了是什么了，应该是当地产的一种鱼。这次来南方，没吃到西施舌，吃到西施豆腐羹也算是一种补偿。不过即便能吃到西施舌，也未必会动筷子，因为想着都会有障碍。主食要了素包和绿茶佛饼。

看过一则故里酒店的介绍，说绍兴人的传统饮食习俗，具有明显的越地特色，最明显的就是蒸煮焐。注重原汤原味，清油忌辣，常用鲜料配以腌腊食品同蒸同炖，加上绍兴老酒，醇香甘甜，令人回味无穷。

煮比较好理解，跟炖的意思差不多。焐的意思是不用笼屉，而是把食材放在米饭上焐熟。而蒸菜中最著名的是蒸双臭。照理说，不应该写一道未曾尝过的菜，但这道菜一定要说，因为它几乎伴我走了一路。所谓双臭，指的是臭豆腐和霉苋菜梗。南方人制作臭豆腐的方法都是先把苋菜梗放到坛子里泡臭了，再把老豆腐放进卤中一两天。所以，这两样食材绝对臭气相投。这家餐馆的非一般蒸双臭，一定有它的不同寻常之处，只是我光顾着捂鼻子，忘了打听。

主要还是喝黄酒。小姚说黄酒一般三年的最好，当地人黄酒也只喝三年的。五年八年的黄酒，基本都是勾兑的，所以，黄酒不见得年头越长就越好。

吃午饭时大家商量下一步的去向，最后决定先去兰亭和印山越王大墓，然后出发去扬州。石磊在最后一刻改了主意，说他有事情要回绍兴。

8. 兰亭

兰亭因春秋时期越王勾践在此（漓渚镇渚兰山）种兰而得名，上午在府山上也经过一处越王兰园，看来勾践对兰花情有独钟。但兰亭绝不是一个亭子，而是缘于古代的驿亭制度。最开始设立是用于传递公文，所以是官办的，而且是军事化管理。春秋时就设有邮置，到了秦汉便完善了，出现了长亭和短亭，所谓十里一长亭五里一短亭。文人认为长亭这个长度用于分手正合适，所以送友送到长亭就不再送了。

其实，古代的贵族除了喝酒、狩猎外，没什么消遣，顶多再听听音乐，看看歌舞。像勾践这种没事儿种兰的人，应该属于比较有追求的。但是兰花和兰草有很大不同，日本作家青木正儿在他所著的《中华名物考》中有详尽的说明。他说，秋季七草之一的泽兰，就是本草家即药物学者所说的兰草，唐代以前的文献中所见的兰就是这种草，因为此草的叶比花更香，阴干后香气更加强烈，所以夏天把它挂在家里能除去恶臭，其香气可以持续二十多天。现在叫做兰的草指的是兰花，是宋代以后才变得有名的，这种草只有花有香气，叶不香。三国时代陆玑对《诗经》的动植物所作的注中关于兰这种草有如下说明："兰，香草，其茎叶似药草之泽兰，只是叶宽，茎节长，节中赤红，高四五尺，可入于化妆粉，或者放入衣类或书籍中可避蠹鱼虫。"

梁时陶弘景在《名医别录注》中做了不同的说明：泽兰多生下湿地，叶微香，可煎油及作浴汤。亦名都梁香。今山中又有一种甚相似，茎方，叶少强，不甚香。此非泽兰，而药家乃采用之。

到了北宋时期，黄山谷在一篇题为《书幽芳亭》的文章中，把近世所谓兰即兰花看作古时《楚辞》中所咏的

"兰"及"蕙",论其优劣,进而对二者做了详细说明。到了南宋,园艺大为流行,南宋末叶理宗的绍定六年赵时庚编撰了《金漳兰谱》,淳祐七年王贵学撰写了《王氏兰谱》,各自留下五十来种伪兰记录(加上在此之前南宋的陈傅良著的《盗兰说》),兰蕙之争才算告一段落。但谁也没说清楚当年勾践种的是兰花还是兰草。

《瓮牖闲评》有这样一段,从中看能出当时人们争论的激烈程度:《事物纪原》载:"兰香本名罗勒,后避石勒讳改为兰香,至今已为然。"然春秋时郑文公有贱妾燕姞,梦天使与己兰,且曰:"以兰有国香,人服媚之如是。"故生穆公而名之为兰,《事物纪原》何以谓先名罗勒耶?而沈存中《忘怀录》又谓兰有两种,黄花者最香,红者次之。然兰皆是紫花,无黄、红二种,未审存中将何者为兰也。

司马相如赋云:"蕙圃衡兰。"颜师古注云:"兰即今泽兰,别是一种花,非兰也。"

嵇康《养生论》并《博物志》云:"合欢蠲忿,萱草忘忧。"自古以为二花。

《长物志》是这么说的:兰,出自闽中者为上,叶如剑芒,花高于叶。《离骚》所谓"秋兰兮青青,绿叶兮紫茎"者,是也。次则赣州者亦佳,此俱山斋所不可少,然每处仅可置一盆,多则类虎丘花市。又有一种出杭州者,曰杭兰;出阳羡山中者,名兴兰;一干数花者,曰蕙;珍珠、风兰皆不入品。箬兰,其叶如箬,似兰无馨,花草奇种。金粟兰,名赛兰,香特甚。

现在的人没古人那么较劲，对兰花的理解比较宽泛，坊间流传的兰谱中居然有二百八十二种兰花。

兰亭真正出名是因为东晋王羲之《兰亭集序》，另外还有曲水流觞等弱智游戏（当然，任何游戏都很弱智）。四年前我跟荣岩来过一次，在一家小馆喝黄酒大醉，所以这次就懒得进去了。小郑和小姚俩人进去转了一圈，小郑和小姚是同学，学的是古画修复专业，所以对王羲之比较感兴趣。上午我们爬府山时，小郑便单独去了越城区西街的王羲之故宅，回来后表示非常失望，他本以为能看到王羲之的真迹，哪怕是古代拓本。

从二〇〇八年以来，故宫每年四月到六月都会在武英殿举办一场故宫藏历代书画展，展品中便有《兰亭序》卷（传唐褚遂良摹本），此外，还有欧阳询的《卜商读书帖》页、卫贤的《高士图》卷和米芾的《珊瑚帖》页等，刚开始还去看，但后来发现展来展去都是一些旧藏，当然，也收藏了一些，但是太富争议，比如，索靖那幅绍兴本《出师颂》。据米友仁跋，多定为隋贤书，也有人认为是南朝梁萧子云写，乃至唐人作。另外，《写生珍禽卷》和《研山铭》争议也很大，后来故宫在这方面就变得格外谨慎。

9. 印山

印山越王陵离兰亭很近，感觉就在斜对面，系春秋时期越王勾践之父允常的陵寝。王陵位于印山山顶，凿岩而成，墓向朝东，是一座由墓道、墓坑组成的平面呈"甲"字形的竖穴土坑墓，四壁陡峭，不设台阶。

墓室由加工规整的巨大枋木构筑，呈两面坡状（这跟我之前在鸿山镇看到的越陵的形制是一样的），木棺置于中室，由一个巨型圆木制成，奇的是允常的棺椁，它是一口巨大的独木棺，是由一整根圆木对刨挖空而成，一半做棺身，另一半做棺盖。独木棺摆放在中室的中部偏后，东西顺向放置。棺身长六点零五米，口宽一点一二米，两侧圆弧加工光滑，棺身及棺盖内外均髹黑漆，外侧面油漆保存极好，刚出土时仍光亮如新。可见此地当年林木之茂密。但这种棺椁我之前从来没见过，它更像是古代部落首领，而不是一国之君。

木椁外面包着一百四十层树皮，树皮外夯木炭，墓坑内填青膏泥，山脚四周挖掘有防御保护的围沟（也称隍壕）。通往椁室的墓道铺着玻璃，过去游客可以走到近处观看，但后来不知为什么把这段墓道拦上了。我注意到，墓室周围的岩壁土质也许是常年被水浸泡，变得非常松软，随便就可以掰下来一块岩石，如果不加以防护、加固，很有可能造成坍塌。

印山越王陵是一九九八年发掘的，最开始发掘的便是隍壕，它十分规整，全由人工挖掘而成，代表着至高无上的王权。但陪葬品却被盗得几乎所剩无几，只有一件玉镞、一件玉镇、一件龙首形玉部件外加一件玉剑。东西虽然不多，但基本上表明了墓主人的身份。

印山越王陵的门票价格十八块钱一张，这个价格有些令人费解，为什么不凑个整数，要么十五要么二十。但是，为这个问题过分纠结，似乎又不太值得。越王陵边上是徐渭墓，徐渭是明代人，跟阖闾非亲非故，时间相隔也两千年了，为什么两个陵墓却紧挨着？

《水经注》记载了这么一件事：越王允常冢在木客村，耆彦云：勾践使人伐荣楯（树的一种），欲以献吴。久不得归。工人忧思；作木客吟。后人因以名地。勾践都琅邪；欲移允常冢。冢中生分风，飞沙射人。人不得近。勾践谓不欲；遂止。

10. 逆袭

我们走宁通高速直奔扬州，经过绍兴时把石磊放下。

石磊是义乌人，他爸在当地有个生产挂锁的工厂，产品大多出口。有一次我们讨论挂锁，狗子问会不会有两把锁是一样的。石磊说，理论上讲每把锁基本上都是独一无二的，但也会有一两把一样的锁，这个概率在千分之一二。如果两把相同的碰锁到了一块儿，这简直也太巧了。石磊说，每把锁在出厂前，都要经过烦琐的检验。

石磊最早是立峰的朋友，有一年我和立峰去安吉，回京前在杭州停留，连续跟石磊喝了几天大酒。当时他开一家广告公司，后来又经营过水产。有一年春节，收到石磊寄来的一箱海产品。打开一看，里面有烤虾、牛肉脯、金华火腿、野生鳗鱼（一米多长），看着骇人。还有一种叫鳗鲞的鱼干，据说跟红烧肉在一起蒸很好吃，尤其是拿它下酒。

去年石磊又想在杭州开兰州拉面馆，去年还专门带着阿拉丁和他的女友来北京考察。当时我们就觉得奇怪，考察兰州拉面为什么不去兰州，好像当时石磊随口说了一个什么理由，把话题搪塞过去了。

沿途油菜花一片金黄，这让我想起勾践的忧郁气质。

六. 扬州

1. 粮食酒家

在宁通高速跑了三百七十多公里，没多久天就黑了。我坐在副驾上，眼前不停地出现幻觉，觉得自己在进入一扇又一扇巨大的城门。城门楼是用三维动画制成的，上面爬满了植物，高大而阴森。不过，我没敢把我的感觉跟小蔡讲，生怕他受到影响。

快到湖州地段时，狗子说他想撒尿，让小蔡找个方便的地方停一下。上高速之前小郑就说中午没吃主食，想在街边吃一碗面条，看来都坚持不到扬州了。于是，我们在下一站太湖服务区停下休息片刻。本来这趟还计划去湖州以及金华，因为时间有些紧张，主要是狗子还要去南京接小狗，只好缩短行程。

到了粮食酒家已经将近十点钟，卢总和他的孔厨师长在路旁等了很久了。另外，狗子一个在泰州的朋友小颜也专门赶来了。为了我们，厨房没下班，难怪厨师见到我们个个面带愠色。卢总给我们准备了镇江肴肉、高邮咸鸭蛋、高邮虾仁、醉虾、盐水鸭、熏鱼、刀鱼、鲫鱼、大煮干丝、红烧狮子头等。另外，卢总还搬来一坛六斤装二十年乌毡帽，以及两瓶四十二度的泸州老窖。几年前去安吉，没少喝乌毡帽。不同于别的黄酒，乌毡帽喝的时候要冰镇，而不是加热。

2. 冶春茶社

第二天一早，卢总带我们去冶春茶社吃早茶。前年我和荣岩去扬州，卢总也带我们去过冶春茶社，不过这回是另外一家。卢总说上次那家主要是来扬州旅游的人多，这回这家主要针对本地人。冶春茶社露台外面是小秦淮，阿坚说明清时期这边应该是红灯区。我想起好像北京平安大道平安里附近也要开一家冶春，牌匾挂出很久了，但迟迟不见开张营业。

卢总问这次荣岩怎么没一块儿来，我说他最近忙着准备去德国，正在加紧学德语，所以只在杭州待了两天。卢总听了，就没再说什么。过了一会儿，他说这次来的都是男的，建议下次带夫人团。卢总有所不知，那些夫人有多难对付。

冶春的早茶主要是面食，卢总点了冶春蒸饺、野鸭菜包、干菜包、三丁包、虾仁煨面、什香菜和维扬烫干丝。野鸭菜包之前没吃过，觉得味道很是新鲜，虾仁煨面连汤带水也非常好吃。包子卢总按人头要了十个人的份，因为头天晚上大酒，狗子说他们后来又找了一个地方喝到早晨五点，所

209

以好多人都没起床，只有我、阿坚和孙民起来了。

最后，只好把剩下的包子打包。

后来回北京，有一天去梅兰芳大剧院听京剧，发现冶春居然开了。进去点了蟹粉大汤包、冶春烫干丝（本该是早茶时吃）以及笋干牛腩，这道菜是服务员推荐的。蟹粉大汤包二十二块钱一个，价格似乎比扬州要贵。而且汤包是装在一个盏里，免去了轻轻提慢慢移那套程序，可能是觉得北京人笨，操作起来难度太大。本想点一道汤，但想到汤包里全是汤，遂打消了念头。

总的来说，北京这家冶春比较安静，没有扬州那么嘈杂。

3. 面食

这趟来南方，真是没少吃面食，主要是各种包子和面条，加起来不下二十余种。一般以为都是北方人爱吃面，南方人则主要吃米。其实还真不能低估南方人吃面的热情，那么，北方面食和南方面食有什么区别呢？

我觉得南方人吃面条的习惯跟北人的三次南迁有关系，史料记载，东汉末年大量北人避乱南下，在毗陵（今武进）辟吴国最大民屯区。特别是北宋南迁那次，把各种北方人的毛病都带来了。之前南方是稻作经济，而且是单季稻，没有任何关于小麦的记载。水稻从河姆渡文化、马家浜文化等遗址中发现很多碳化稻粒，说明太湖地区水稻种植已有五六千年的历史，但均系一熟晚稻。

据《新唐书·玄宗本纪》载：开元十九年（公元七三一年）"是年扬州秬稻生"（秬稻即双季稻），可见早在唐朝时期，太湖流域就已经开始种植双季稻了。据北宋神宗时朱长文《吴郡图经续记》记载："吴中地沃而物夥，稼则刈麦种禾，一岁再熟，稻有早晚。"这里说的稻有早晚，指的是再生稻或者间作稻，可能不是双季晚稻。

本地确切的双季稻记载始于南宋。南宋宝祐年间《秦川志》记载，有一种"乌口稻"，其特点"再莳再熟"。明朝正德年间《姑苏志》《松江府志》都保留了许多关于乌口稻和其他早稻品种的记载。直到清初，康熙五年（一六六六年）方以智在《通雅》中论及"秏即稻"时，还指出"自江淮以南，田多三熟"，这与《天工开物》所载"南方平原，田多一岁两栽两获"相一致。

太湖地区当时有"稻田三百顷，肥饶水饱"。司马迁《史记·货殖列传》也说：楚越之地，地广人稀，饭稻羹鱼，或火耕而水耨，地势饶食，无饥馑之患。南宋，麦子需求量大增。东汉班固《汉书·食货志》载：稻谷必杂五种，以备灾害。

可见，南方人主要是吃大米。但是北人剽悍霸道，南方人不敢惹他们，只好捏着鼻子跟他们一块儿吃馒头和面条。但如此长此以往也不是办法，于是，南方人私底下偷偷磨炼面食烹饪技术，馒头好办，往里头塞上馅就行了，于是就有了包子。至于面条，南方人的想法也很简单，什么东西好吃贵重，就拿什么做浇头，虾仁、鳝丝、蟹黄一通往碗里招呼，于是便有了现在南方的面条之种种。

北方人也不傻，把能教给南方人的都教给他们了，同时还向南方人鼓吹吃大米的坏处，如容易得脚气等，但就是不教给他们揉面技术，因为南方气候过于湿热，北方人一直惦记着迁回北方，所以必须留一手，免得将来搞十大面条评比时，风头全被南方人抢走。

现在仍然能看到南方面食幼稚之处，比如面条馄饨一起煮，再比如把锅盖跟面条一起煮，我觉得这都是南方人在学习做饭的过程中不知所措造成的。他们以为北方人平时就是这么干的。同时也能看出，当年的北方人在传授面食烹饪时，确实没留好心眼儿，想不到后来让人家歪打正着了，几种做法都成了当地特色。

把南北面食放在一起比较，阿坚认为北方面条比较粗大，他自称曾经从张作霖管家那儿学的炸酱面技术，炸酱里放大块五花肉，并不放黄瓜丝、萝卜丝、豆芽那些啰里啰嗦的菜码。我吃过几次，确实不同凡响。老楼则认为北方面食品种多，南方面食单一。再有就是南方人把面条当早点，而北方人把面条当主食。狗子的感觉也是北方面食种类丰富，南方面食位置在米之后，面条必有米粉对应。但也不能一概而论，单说面条，狗子说他更习惯北方口味，南方太偏细和腻。包子南方主要是各种汤包，北边只有西安才有，印象不深。

老中医认为南方是以汤面为主。做餐饮的老王的态度比较偏激，他认为南方面食无论从哪个方面都无法跟北方相比，北方很多面条也加碱，只不过比例不如南方大，例如咱家的手擀面也是要加碱和盐的。它们最大的区别在于口感和吃法上有很大不同。南方以碱面为主，偏细，对汤头的要求较高。北方面条的品种就丰富多了，可以说是五花八门，而且还有很多杂粮面，和面的方法也较比南方多样，有软有硬。老王分析，南方气候潮湿，和好的面如不加碱会很快发酵变酸，这可能是他们碱的用量比北方大的原因。至于是不是如此，还有待论证。

袁玮说，一个专业厨子先得过滤掉个人趣味，这个过程挺反人类的。

4.邗沟

我对反人类没那么大热情，吃过早饭，我和阿坚、孙民来到古邗沟。天气很好，我们沿着故道一路前行。早上吃饭时，粮食酒店的孔厨师长做过介绍，他家就住在邗沟附近，他说邗沟已经不是过去的样子了。但邗沟过去是什么样，我也没见过。现在的邗沟河水清冽，沟的两侧由石块和水泥砌成，岸边种着柳树。每隔十余米便有一堆硕大的鹅卵石，不知道是用于装饰，还是有其他的用途。故道北侧长着花花草草，其间一些被修整过的树木显得十分突兀，它们颜色黝黑，仿佛被一场大火烧焦，而且已经枯干多时了。

古邗沟不长，大概也就两公里。走着走着我觉得口渴，便进了一家小卖部买水喝。前后也就不到五分钟的工夫，出门一看，阿坚和孙民已经无影无踪，估计已经走出一里开外。正准备给他们打电话，忽然看到两人正站在黄金坝桥上，阿坚一边吹口哨一边向我招手。

黄金坝桥下，是邗沟与大运河连通处。从走势上看，运河似乎是为了将就邗沟，特意在这里拐了个弯儿。但不知什么原因，连接处被一个矮小的堤坝拦上了。离桥不远，便是邗沟大王庙。据说当年邗沟破土动工时，夫差在此挖的第一锹土。《重修邗沟大王庙记》上写着（大意）：邗沟大王庙，旧在邗沟故道旁。殿中主祀吴王夫差，配祀汉初吴王刘濞，建筑北向，意寓夫差与齐争霸，志在中原焉。

所谓的大王庙，其实就是一座大殿，而且还上着锁。阿坚不甘心，向一个在河边压腿的中年妇女打听，谁有这座庙的钥匙。孙民则隔着门缝往里张望。这座庙一看就是新建的，开着门我也不会进去。庙的前面有一口不大的井，呈长方形，护栏上刻着借沙取银四个大字，可能是出自某个典故。就在我们几个胡乱猜测时，天色突然变暗，突然刮起的风把水面吹皱。于是，我们赶紧上车去了扬州博物馆。路上阿坚提醒我中午之前把狗子他们叫醒。我一看时间还早，不到十一点钟，还可以让他们多睡会儿。

5. 扬州博物馆

博物馆展厅内，没能看到夫差修筑邗沟时破土的那把铁锹，本以为它摆在最明显的位置，上面还系着一朵大红花。当然，这是玩笑，但就连卢总说的后来清理邗沟时挖出的一些文物（主要是一些工具）也没能看到。倒是看到吴王夫差铜鉴的照片，可惜不是实物，现在的博物馆好东西越来越少，一些展品直接用图片替代，连复制品都懒得制作。以后博物馆要都成这样就没有必要参观了，在家里看画册就行了。

展厅里一件青铜戈的说明文字引起了我的注意，它涉及一个名叫邗国的方国，曾经出土过一件铸有"邗王"文的青铜壶。邗国以铸造青铜兵器著称，今天人们还经常用干戈作为兵器甚至战争的代名词，而干戈最早的意思就是邗人制作的戈，干和邗在古代是通假。吴国灭邗后，用邗国的工匠为其铸造兵器。越国灭吴后，吴国善铸剑者尽归越所有，越国的铸剑技术在继承吴国的基础上有了显著的提高，最终成为青铜剑铸造的集大成者。

再有就是关于邗沟的详尽的介绍：公元前四八六年（也有一说是公元前四八七年，即周敬王三十三年）吴攻鲁，打开进军中原的大门。强盛的吴国为奠定向北发展的根据地，先开通了由姑苏经今无锡、常州过长江的江南运河（又称吴古故水道），又于周敬王三十四年在长江北岸的蜀冈尾闾修建了具有都城性质的邗城，并开凿了沟通长江和淮河的邗沟，作为运兵和运送粮草等军用物资的水上通道，并进而与泗、浙、济水连接。邗城是扬州城市历史的开端，邗沟则是中国有历史记载的最早的运河，确切地说，是京杭大运河苏北一段的基础。通过邗沟，吴国水师北上中原，成就了短暂的霸业。

其实早在周敬王十四年（公元前五〇六年），吴王阖闾大举伐楚时，便令伍子胥凿东通太湖，西联皖南，连接长江的彦渎，后称为胥溪，也就是通常所说的中江。周敬王二十五年（公元前四九五年），吴王夫差为争霸中原，又令伍子胥开孟渎，自望亭经奔牛至孟河，出长江，北接邗沟，连通淮河流域。并先后开通东至东海的胥浦和南连杭嘉湖的胥江等河道。

吴越争霸期间，有很多邗国人投奔这两个国家。投奔吴国的叫邗吴，投奔越国的叫於越。这一时期，太湖地区大量士兵进入江淮地区，是一次大规模的人口移动，使吴文化向江淮地区传播。近来考古发现，地处里下河地区的海安境内的青墩遗址，挖掘出的各个时期的文物便是证明。至于到底是于越还是虞越，绕到最后才绕清楚，原来，於越即虞越，亦即吴越。吴越原系一个民族，后越人发明钺而独立，故越有超越之意，言越人发明钺而武器超过吴人。（见卫聚贤《吴越释名》）

展馆内还有一幅吴邗沟行经路线示意图，表明邗沟从末口至邗城，连通淮河和长江。只可惜吴国雄心勃勃的霸业，由勾践画上了句号。夫差北上称霸，过度消耗了吴国的民力和财力，才使得越国趁虚而入。越国在灭亡吴国以后，同样利用邗沟向北进军，与齐、晋等国会于徐，并最终把都城从会稽迁到山东的琅琊。看完古邗沟，这次旅行也快要接近尾声了。邗沟，一个不错的终点，不是吗？

6.散伙

就在看完博物馆准备出来时，突然下起大雨。我们钻到车里等狗子、小郑和小姚。狗子跟泰州的小颜在一起，小郑和小姚单独打车来。好不容易等人凑齐了，大家决定先找个地方吃午饭，下一步如何再做从长计议。最后找到一家火锅店，又喝了很多黄酒（根据阿坚的笔记，那家火锅店叫骨汤涮，他跟孙民一共喝了十二瓶啤酒，我们几人喝了十五瓶黄酒。小颜头天喝大，一口酒都没喝）。

大家商量来商量去，最后狗子、小郑、小姚和我决定坐蔡师傅的车去南京。本来我建议狗子去镇江坐高铁，不到半小时就能到南京，但被他拒绝了。原因是高铁速度太快，他坐着有些不适应。他想去坐长途汽车，以便在途中酝酿感情。阿坚坚持要在扬州乘坐晚上九点的直达北京的那趟火车，下午他还想逛一家乐器商店。小颜要回泰州，孙民则想去高邮。

其实，我也有点儿着急回北京，一是为了避开清明节小假期的交通，二是我有点儿想家里的狗了。我出门当天，毛驴就跟嘎嘎打起来了，老鸭劝架，胳膊上被它们抓得都是伤。这段时间楼里停暖气，加上这两天降温，晚上三只狗冻得全都钻被窝。老鸭还说现在她教会头伏握手了，我有些担心，等我回到家头伏该不会已经学会说人话了吧。

自从养了狗，我和老鸭很少有机会同时出门，家里总得留一个人。另外，北京还有一些乱七八糟的琐事。但最让我惶惑不安的是范蠡和西施之间所谓的爱情故事，虽然一路都读到了与之相关的各种民间文本，但无论如何都没法让我把它们跟梁山伯与祝英台或者牛郎织女之类的传说联系在一起。真实情况或许真像吴虹飞所说的那样，宇宙的本质是不爱，宇宙的起源是爆炸，它的终极是膨胀、冷却，并在这个过程中趋于毁灭。人类无法看到本质，只能沾沾自喜自欺欺人。

古人通过星相学了解宇宙，袁玮为她的星相学作了如下注释，她说，如果我给你讲我的十二宫主星水星落于天顶，你听得懂吗？它分别与金星、海王星、月亮呈各种相位。如果真是那样，我将一辈子都在学习各种宗教（对于对星象一无所知的人来说，听起来有些隐讳）。

孩子和父母的星盘有众多直接复制过来的因素，比如一个刻板压抑的父亲，盘里通常有太阳和土星相位。而他的儿子要么出生在一月份，要么就是也拥有一模一样的太阳、土星相位。如果妈妈是个天蝎座，热衷压抑自己的怨气，又三天两头集中爆发，她的女儿月亮就会表现出极强的抵抗他人情感输入的特质，比如超级冥王星在这时候会跟超级月亮扯上关系。我的星盘没有直接复制父母星盘的特质，我一度怀疑我有那么好的天生功力，屏蔽他们的信号。

七．南京

1.琉器

当范蠡把那颗蓝色的琉璃放到西施手里时，它几乎还是热乎的，它是如此晶莹剔透，仿佛仍在流动。后来有人说这颗琉璃是在铸剑时偶得的，这一点很难令人苟同。考古发掘证明，中国在西周时就有琉璃了，古罗马和埃及更早。我曾经看到过一些琉璃器，有碗、杯子、盘子和小瓶，它们大多是从东罗马帝国传到中国的，时间从北周到汉唐。人们把古代地中海地区用石英砂、纯碱和草木灰（或石灰）研成粉末，加入黏合剂制作出来的琉璃叫费昂斯，费昂斯里的二氧化硅的比例相当高，这也是中国琉璃和西域琉璃差别最大的地方。中国琉璃更加神秘，原料里除铅、钡等矿物外，还会加入马牙石和羊角。

几乎在同一个时期（西周），中国有了玻璃。据说是从印度传过来的。但是即便是在前几年，我还很难把琉璃跟玻璃区分开。

有人总结琉璃和玻璃的区别之处，就是玻璃是吹出来的。无论这个结论是否严谨（其实吹制法也是制作琉璃器的主要技术，在后面的文字里，我将加以详细说明），至少说明在古人眼里，琉璃和玻璃还是有区别的，尽管有时这两种东西都被归到料器范畴。

上世纪八十年代北京有一家料器厂，就在龙潭路上，说白了就是玻璃厂，用料器替代玉石、宝石和珊瑚，制作盆景、珠子等。当时国人还不太认这些，这些产品大多都出口创汇了。后来这家工厂就没怎么听说过，应该是不在了。据说，当年掌握料器制作技术的工人不多，很多骨干都是从山东淄博（包括临淄）请来的，淄博在战汉时期就有琉璃作坊，很多国产琉璃就是在当地制作的。不是什么地方想制作琉璃就制作的，必须是繁华的都城，有技艺超群的工匠，当然还要有大量的矿石。

琉璃在古代价值胜过金银，我认为主要来自对它的困惑，古人不明白，这么一个人工烧制的物件，其璀璨程度竟胜过天然的宝石。当然，这困惑里包含着模糊的技术崇拜，只有娴熟的工匠，才能把一堆石头变得如此不可思议。但只有到了明代，宋应星才在《天工开物》中，对天和物作了明确的阐释：物生自天，工开于人。

药师和尚在《琉璃光如来本愿功德经》中那句"愿我来世得菩提时，身如琉璃，内外明澈，净无瑕秽"被广泛引用。此后，便有了装盛佛舍利的琉璃小瓶。

琉璃生产的最早文字记载可以追溯到唐代，李亢在《独异志》中有这样的记载：开元间，有长安贩夫王二狗者，尝往返淄郡贩丝，微利也。一日，孤馆遇盗，财物尽失。二狗叹曰：天不助我。遂悬梁欲自尽。冥冥中见一老者，锦衣玉带，头戴朝冠，身穿红袍，白脸长须，温文尔雅。左手如意，右手元宝，高祖赐封财帛星君李相公是也。星君曰："尔当大富大贵，岂可轻生。不闻淄州出琉璃乎。"又舍元宝一枚，乃去。二狗遂贩琉璃，成长安首富。

琉璃不但跟玻璃难以区分，还容易跟玉混淆。玉石在古代有七德之说，因而所雕刻出来的多作为礼器，德行不好的基本配不上。即便坚持佩戴，也达不到应有的效果，有的时候还会适得其反。琉璃就没那么多说头，用它替代玉石，不但多开辟出一种贵重材料，还能够使佩戴或使用它的人卸掉沉重的精神负担。

确实出土过一些琉璃的蝉和工字佩，但更多的是一些首饰。这在于琉璃和玉在本质上有很大的不同，玉温润、内敛，琉璃则璀璨高调，不像玉那么暧昧滥觞，它明显来自不同的文明，所以我更倾向古人用琉璃替代宝石。当时中国还没有宝石，只有绿松石和玛瑙之类的，祖母绿和红宝石的出现要到明代，郑和下西洋以后的事情了。明代以后虽然还有琉璃器制作，但首饰功能已经被其他材料替代了，实用器部分，诸如碗啊杯子一类则被陶瓷替代。实际上还是被传统审美打败了，外来的东西无论如何都归不到正统。一旦失去了自我，琉璃的整体制作风格也逐步趋向流俗，尽管它的制作技术已经十分高超。

普遍认为，中国的琉璃制作跟青铜铸造技术是分不开的，就如同琉璃和琉器分不开一样。炼丹也是把矿石融化了然后铸造成型，说不上谁比谁更复杂。春秋时期的青铜器技术，炉火纯青。因为掌握了分铸技术，从纹饰到器型都发生了一些变化，不但懂得了铅锡的配比，已经学会用垫片控制壁厚。但最重要的变化，是青铜器作为礼器的地位和作用已经下降，这是任何技术所无法挽回的。至于琉器，清人孙廷铨所著的《颜山杂记》中，详细记载了当时的琉璃制作的配方以及方法："琉璃者，石以为质，硝以和之，礁以锻之，铜铁丹铅以变之。非石不成，非硝不行，非铜铁丹铅则不精，三合然后成。"这里说的硝，指的不是烧制琉璃的原料，而是指烧制琉璃的柔火。

古代最常见的琉璃，主要有铅钡琉璃、钠钙琉璃两大系列。铅钡琉璃是以石英砂（硅）、铅及钡矿物为主要原料，起源于西周至东汉，六朝以后基本失传，是中国古代琉璃的配方之一。钠钙琉璃是以石英砂（硅）、纯碱（钠）及石灰（钙）组成。西方从东罗马帝国起沿用至今，我国隋唐时期的琉璃器亦应用此配方。

说到外来的古琉璃，不能不说费昂斯。它是古代地中海地区用石英砂、纯碱（或者草木灰，现在西北地区还用它做拉面）及石灰研成粉末，加入黏结剂，塑成物品，然后经火烘烧熔融硬化后而产生的器物，俗称为原始琉璃。

参观国博那天，我在另外一个展厅看到了几件外来的古琉璃器。其中一件是北周时期的琉璃盘，于一九八八年在陕西咸阳出土。该盘为典型的萨珊玻璃装饰风格，但器型却不是萨珊玻璃的。与该器形状和装饰相类似的玻璃盘曾经在伊拉克出土过。由此推测，这类的玻璃制品应该是受罗马玻璃器影响的萨珊玻璃制品。另外有一件盘口琉璃瓶十分漂亮，应该是唐代的，于一九八七年在陕西扶风县法门寺地宫出土，吹塑成型。此瓶与美国纽约大都会博物馆的一件藏品十分相似，制作年代大约在公元七世纪初，来自东罗马帝国。还有一件八瓣团花描金蓝琉璃盘，也是唐代的，吹塑成型，纹饰镌刻，这种刻花琉璃器在国内极为罕见，为伊斯兰早期作品，属于伊斯兰琉璃制作的冷加工技术，在制成的器型上打磨刻画纹样，再在纹样上描金。从加工技术和器型纹饰分析，其产地应该在伊朗的内沙布尔或地中海沿岸。由此可见，传到中国的琉璃，不同的时期有不同的产地和渠道，前面说的那几件，可以大致呈现出外来琉璃的面貌。

最早国产琉璃器，应该是西周时期的。山东曲阜鲁国故城47号西周晚期墓出土：琉璃珠三颗，菱形珠两颗。三颗琉璃珠均呈蓝色，其珠壁薄厚不一，因在墓中受到地下水等多种化学成分的浸蚀，表面呈白粉状，有糟坑和气泡孔。另外在陕西省扶风县上宋公社北吕村西周早期墓，陕西省岐山县贺家村、陕西省宝鸡茹家庄，伯夫妇墓，陕西张家坡等地也出土了一些琉璃珠、管，其形制、质地与上面介绍的风格都类似。

汉代琉璃制作已开始采用脱蜡法（Pate-de-verte），之前基本上是铸模。我手头便有一件汉八刀的琉璃蝉，死人入殓时，把它含在嘴里便可羽化升仙。另外还有琉璃七窍塞，也是死人入殓时用的，大概是为了守住死者的真气，免得灵魂出窍吧。所谓金玉在七窍，死人则不朽。汉代人视死如生，所以讲究厚葬，因此随葬品都很奢侈，其中不乏琉璃制品。比如西汉中山靖王刘胜的墓里，就发现了一件琉璃耳杯。

在唐代，钠钙琉璃取代了铅钡琉璃（那种古法制作琉璃工艺，在六朝以后就失传了），与西亚的琉璃成分类似，这使其看上去更加透明，也比较温润自然。到了宋代，看着有些热闹的琉璃，此刻总算是安静下来了，瓷器的出现，取代了琉璃的一些功能。有意思的是，宋代的青瓷，也是追求玉的效果。

清代的琉璃器开始复苏，东西越做越精，反倒越来越没意思了。我曾经看过一个清中期的仿绿松石的挂坠，还看到一个仿玳瑁的扳指。但是，只有到了清代，人们才对琉璃制作工艺有了一个比较完整的认识，也才有了诸如《颜山杂记》这样的专著。

2. 蜻蜓眼

现在的人重新开始重视琉璃，一个是受到日本和台湾的影响，一个是琉璃蜻蜓眼（或者叫古董蜻蜓眼）的流行，大家都在玩珠子。

二〇一五年三月份，首博办了一个名为《凤舞九天》的楚文物展，展品中有四个琉璃珠子，一个琉璃管。大一点儿的琉璃珠，是左家公山41号墓出土的。三粒小一些的琉璃珠和一个琉璃管是湖南湘乡1号墓出土的。比起之前我看过的，这几粒蜻蜓眼纹饰更繁复，工艺更精致，霸气也更侧漏。说明楚国崇尚巫文化，制作时间应该是春秋晚期到战国早期。蜻蜓眼出现的时间很早，起源也有不同的说法，它们的共同点都是琉璃质地，而且是琉璃器的主要门类。这种蜻蜓眼琉璃珠楚人称为陆离，跟琉璃发音相近。此外，展品中还有几件琉璃壁和琉璃剑饰，都是在长沙地区楚墓出土的，可见不光是临淄，湖南也是琉璃器制造的主要地区。

已经发现的蜻蜓眼有如下几种类型：

人面珠。古罗马时代，有一种用珍贵琉璃制作的人面珠，据说珠子上的脸是希腊神话中的梅杜莎。琉璃珠的起源是作为护身符使用，地中海地区的人们相信，梅杜莎是最强的辟邪物。就连奥林帕斯的智慧女神雅典娜，也把梅杜莎的头颅饰物镶嵌在自己的伊吉思神盾上。

腓尼基人头琉璃珠。腓尼基人过去称霸地中海，直到被罗马消灭之前都是以海洋民族的身份发展，具有很高的文化水准，玻璃工艺可算是其中一例。在曾经有很多腓尼基殖民城市中的地中海沿岸，便挖掘出腓尼基人头琉璃珠。有的珠子表面上还镶着银币，看上去熠熠生辉。

爪哇珠。爪哇珠又称为jatim beads，制作年代很可能为公元四世纪至十世纪，它的构造跟其他的琉璃珠不同，中间有蓝色或黄色等浅颜色的芯，表面上则有眼睛花纹、彩虹花纹或鸟花纹。自外地流入的萨桑王朝的琉璃珠连芯都有马赛克花纹，而这种芯便是爪哇珠的特征。

利马眼珠。位于利马共和国莫菩提州的杰内，很久以前曾是游牧民族和当地居民的交易中心。在这个地方，曾挖掘出过一种奇特的眼珠，也就是在蓝色或绿色的透明琉璃珠子上，添加上白色或黄色眼睛花纹。其制造年代不详，目前较有力的说法是在当地贸易繁盛的中世纪时期制作。也有人说是罗马晚期制作，通过贸易运输传到了当地，但是在其他地区，几乎看不到这种珠子。

贸易珠。十六世纪至十九世纪，威尼斯和荷兰制作了大量的琉璃珠，出口到非洲。这些被称为贸易珠（trade bead）的古董琉璃珠，在当时是用来交易非洲各地开采的黄金和象牙等物。这些色彩斑斓的珠子在非洲人眼中具有神奇的魅力，被认为是从巫师那里取得的。在此之前，他们都是佩戴加工过的树果和石头。在上世纪六十年代，这些珠子成为嬉皮士们争相购买的饰物。

我有一件陶胎的蜻蜓眼珠子，一般人都会以为蜻蜓眼是先有陶胎，后有的琉璃胎，其实它们不分前后，属于两个种类。也有一种说法，认为蜻蜓眼在西周就出现了，当时不叫蜻蜓眼，而是叫夜明珠或者随侯珠，它的成分主要是氧化铝和硅。蜻蜓眼在公元前一四〇〇年至一三五〇年出土文物中即有发现，而且材质不限于琉璃、玛瑙、玉石、法安斯陶以及兽骨等。据说它是原始民族的图腾，那些凸起的圆点代表神明的眼睛，其作用相当于天珠（dzi Bead），戴在身上可以趋避鬼邪，逢凶化吉。

古人如何佩戴蜻蜓眼，从台湾一本画册上看到，三个蜻蜓眼串成一串，周边有个木质的椭圆形的护框。

3. 数学

在长深高速走了两个多小时后，终于到了南京。陆小伟预先帮我们在网上订了桔子酒店，我跟狗子一个房间，小姚跟小郑一个房间。我心生好奇，狗子睡觉时是否会像荣岩说的那样，用衣服蒙着脑袋吗？

来南京途中，给荣岩打过一个电话，让他来南京玩儿两天，荣岩说他上课走不开，估计还没有完全从杭州的大酒中缓过来。放下行李洗了把脸，跟赵波联系了半截，手机突然没电了。然后准备下楼吃晚饭，狗子说陆小伟叫来一大堆人，一场大酒在所难免。

蔡师傅说上海有事，先回去了。

从酒店窗户看到对面有一家咖啡馆，突然想喝一杯冰咖啡。我很少这么想喝咖啡过，而且不管喝多少咖啡也不兴奋，甚至有的时候还会犯困。

我打算在南京住一个晚上，第二天一早离南京回北京。

这趟出门，走了苏州、无锡、杭州、诸暨、绍兴、扬州、南京七个城市，历时十天。其中只有南京跟我要讲的故事关系不大。战国时期楚国在南京设金陵邑，在此之前，春秋时期吴国和越国先后在南京市区所筑的冶城和越城，还不能视作行政设置。倒是江宁的地位相对重要，春秋时期，江宁属吴国，越败吴，江宁归越管辖。据说也是相当程度的繁华，前些年在江宁的陶吴狮子山还发掘出一座春秋土墩墓，引起不小轰动。

民国年间，考古学家陈志良在他的《南京访古记》一文中说南京西部的朝天宫，本是一座高约四五丈的土山，相传这里就是吴越时代的冶城，所以又名冶山。因为吴王夫差在此铸过剑，其下有吴王剑池的遗迹。如与雨花台相近的越城遗址，同为与古代吴越文化有关的所在。再有传说楚威王埋金处金陵岗，也在朝天宫附近。

但有趣的是卫聚贤在《吴越民族》一文中谈及到他在南京一带的考古经历。他认为语言方面，栖霞山一带的语言很好懂，他们相传是从安徽及徐州移来的。惟南京城南南乡牛首山以至句容一代的语言极难懂，就是南京人也不懂他们的话。习俗上，南京南乡及句容一带，土匪甚多，行人畏惧。询问南京地方的人，他说那些人并不是土匪，是嫉生人的，看见有个面不相熟言语服装与本地不同的人，他们就大为注意，若是两三人同行，他们把这行旅的衣服钱财夺去，若是一人独行，他们就推到塘子里去。

好在没有在南京周边的旅行计划，夫差从草丛里扑出来也说不定。

在咖啡馆刚交完钱，看到狗子他们出了酒店门，就没再等那杯咖啡，也没让他们退钱。我至今还保留着那张小票，希冀下次去南京把那杯咖啡喝了。实在没机会就把这张小票送给狗子，反正他跟南京常来常往，在他手里，没准儿会给出一个令人意想不到的下文。

看上去它就像是一道简单的数学题：

Mangosix南京新街口店

外带　桌号18

账单号POS20150402182057734

单品 美式咖啡（中）（冷）

数量1　原价26　售价26　金额26

原价总计 26￥　折扣￥0　合计人民币26

应收26￥

收现￥100　找零￥74

谢谢惠顾

预订热线84312358

无线WIFI热点：aWiFi-Mongosix-1,-2。

后 记

从小就听说过西施，但也仅限于知道是个来自西湖一带的大美女，跟不知道没什么两样。知道范蠡是后来的事儿，但也仅限于知道他是个成功的生意人，全然不知道他和西施间的八卦，更不知道所谓的琉璃会跟这两人发生关系。好奇之下，决意探个究竟，顺便梳理一下民间话语，想不到从此陷了进去。没错，传统文化就是一个陷阱，必须当止则止。

这本书分《琉璃》和《琉器》两个部分，字面上看着琉璃琉器，实际上还是比较认真的。《琉璃》主要是讲春秋期间的事件，旁征博引，有正史也有小道消息。《琉器》部分说的是我于二〇一五年三四月份在太湖一带的旅行，吴越争霸兹发生于此，包括去看当地的古迹和博物馆，试图在实地找出一些蛛丝马迹，算是对《琉璃》的补充和消化。打个不当的比方，如果《琉璃》是已经脱掉的那只鞋子，《琉器》便是随后脱掉的另一只。

其实我对古代美女兴趣不大，但是对古代的器物却心向往之。我觉得每个时代都有它的代表器，春秋战国时期的代表器就是琉璃，而不是青铜和玉。当然，更不可能是陶瓷。

另外，礼乐制度也是我比较感兴趣的话题，我很想知道，春秋时期，礼怎么就崩了怎么就坏了。一个礼崩乐坏的社会到底是什么样子。这当然涉及所谓的吴越文化，以及属于那个年代的人的精神气质。

所以说，这本书既不是严格意义的小说，因为它不太虚构；也不算是文论或者游记，但这三者又都兼而有之。读者可以各取所需，把以为没劲或呕哑嘲哳的段落跳过去。

感谢我的父母，以往我出过的书里，都有他们的支持或者影子，但我都没表示过感谢；感谢杨立峰，我曾经邀请他给这本书注释，俩人合作一起出个注释本，但被他婉拒了；感谢顾志明，慷慨借给我书，据说他的藏书很少外借。感谢高星借给我书，虽然三天后他又要了回去；感谢方叉叉，他所提供的琉璃知识，让我开了眼界；感谢老鸭，帮我查找订购资料。

感谢作家出版社，感谢李宏伟、秦悦，使这本书得以出版。

感谢上海的立冬、杭州的老葛、绍兴的石磊和小姚以及扬州粮食酒店的卢总，让这次旅行看起来特别像是一带一路，也让我们少了舟车劳顿之苦。

感谢简宁的鼓励。

感谢阿坚、狗子、汉行、古非、荣岩、张炜、袁玮、方闲海、郑建成、杨绍斌、丁晓禾、陆小伟、吴虹飞、邹静之、孔珉、蔡俊、丁天、陈飞、孙民、郝帅、奕男、小刘很忙，他们构成了这本书的种种细节。

去年（二〇一五）十月份，我跟阿坚和孙民去淄博找崔长明玩儿，到了的第二天先是参观淄博博物馆，然后小崔又带我们去博山寻访琉璃。博山是中国的琉璃之乡，制作琉璃有非常久远的历史。在一家琉璃作坊，一位石姓的老手艺人当场给我们烧制了一只琉璃鸟。在一家私人琉璃博物馆，还看到很多被称作鸡油黄和鸡肝红的琉璃制品（但都跟鸡没多大关系），以及若干古琉璃藏品。博物馆主人孙云毅先生介绍，琉璃黄最早出现在清乾隆年间，烧制难度很大，且材料名贵，据说包括工业黄金和砒霜。然后因为要吃午饭，竟忘了去参观当地的老琉璃窑址以及女娲庙。女娲一向被中国琉璃手艺人认为是琉璃的始祖，她所炼就的补天用的五彩石，据说就是琉璃（但南京人认为是雨花石）。

第三天吃过早饭，我们又从张店赶往临淄。出发前在古玩市场买到一件汉代的琉璃虎，它温润如玉，眼睛和背上的条纹是鎏金的，这种工艺已经失传了。

回京途中，我们在济南稍作停留，李娃克请我们在一家叫土财主的菜馆吃午饭，它基本上属于东北菜系，但我最想吃的是煎饼卷小葱。这是山东烙饼卷大葱的改良品种，玉米面煎饼软的，小葱取代了大葱。但最有收获的是娃克介绍的一位名叫宋飞舟的艺术家，他对琉璃材料和工艺有过专门研究，曾经创作过一组沙铸玻璃（琉璃）当代作品。在一篇署名文章中，老宋认为，圣人创物时,道器并行没有上下高低之分。

参考书不算，工具书中用的是一本商务印书馆二○○五年三月第二二三次印刷的《新华字典》，为的就是让这本书保持小学生的水准，查不出来的字坚决不查，实在不行就用方块"□"替代。搞不清的说法，也坚决不去钻牛角尖。我认为这是非专业人士写作的独门秘笈，它不但保证了写作速度，也使行文变得格外顺畅，就像春节期间的二环。

在查阅资料的过程中，还会遇到一些字形及发音相类似的字，但说的都是同一个意思，这大多是由于资料的成书年代不同或地域差异造成的，我懒得把它们一一标明，相信明眼读者当会辨识。在这方面，古人讲究心领神会，所以不会过于纠结。

参考书目

《山海经》 方韬 译注 中华书局 2014年4月第7次印刷

《拾遗记》 前秦 王嘉等撰 王根林等校点 上海古籍出版社 2012
年8月第1版

《越绝书校释》 李步嘉校释 中华书局 2014年2月第2次印刷

《吴地记》 唐 陆广微撰 曹林娣校注 江苏古籍出版社 1986年9月
第1版

《吴郡志》（附校勘记） 范成大撰 商务印书馆 1939年12月初版
1960年5月补印

《吴越春秋校注》 东汉 赵晔著 张觉校注 岳麓书社 2007年4月第
2次印刷

《吴中小志丛刊》 明 杨循吉等 陈其弟点校 广陵书社 2004年12
月第1版第1次印刷

《史记》 汉 司马迁撰 唐 张守节正义 宋 裴骃集解 中华书局 2014
年8月第1版

《搜神记 搜神后记》 晋 干宝 陶潜撰 曹光甫 王根林校点 上海古
籍出版社2012年8月第1版

《长物志 考槃馀事》 明 文震亨 屠隆撰 浙江人民美术出版社 2011
年12月第1版

《吴越文化论丛》 江苏研究社 上海文艺出版社 1990年5月影印本

《另一种古史——青铜器纹饰、图形文字与图像铭文的解读》（美）杨晓能著 唐际根 孙亚冰译 生活·读书·新知三联书店 2012年10月第3次印刷

《考古学专题六讲》（增订本）张光直著 生活·读书·新知三联书店 2013年1月第1版

《洛书河图——文明的造型探源》阿城著 中华书局2014年6月第1版

《古人的文化》沈从文著 中华书局 2014年8月第1次印刷

《由巫到礼 释礼归仁》李泽厚著 生活·读书·新知三联书店 2015年1月第1版

《古代研究的史料问题》胡厚宣著 云南人民出版社 2005年12月第1版

《考古质疑 瓮牖闲评》宋 袁文 叶大庆撰 中华书局2007年10月第1版

《质疑删存（外二种）》清 张宗泰等撰 中华书局2006年10月第1版

《积微居甲文说》杨树达著 上海古籍出版社 2013年9月第1版

《诗经蠡诂》黄淬伯著 中华书局2012年9月第1版

《历史的细节》杜君立著 上海三联书店 2013年4月第1版

《太湖地区乡村地理》马湘泳 虞孝感等著 科学出版社1990年8月第1版

《邹静之戏剧集》 邹静之著 作家出版社2014年3月第1版

《吴越春秋史话》萧军著 黑龙江人民出版社1980年7月第1版

《诗经里的那些动物》林赶秋著 重庆出版社2010年7月第1版

《古玉图考》清 吴大澂著 杜斌编著 中华书局 2013年10月第1版

《古董鉴赏》 日 石井阳青著 王美娟译 台湾东贩股份有限公司 2014
　年5月

《璀璨琉璃战国古珠》 台湾 张宏宝著 淑馨出版社 1997年4月

《古琉璃收藏与鉴赏》 徐文举编著 南京出版社 2010年1月第1版

《中国古代琉璃鉴赏图录》 修文明 修学松编著 安徽美术出版社
　2010年3月第1版

《水经注异闻录》 任松如编 上海文艺出版社 1991年5月影印本

《春秋史》童书业著 上海古籍出版社2010年8月第1版

《春秋大事表》 顾栋高著 吴树平 李解民点校 中华书局1993年6月
　第1版

《文物春秋战国史》 中国国家博物馆编，中华书局2009年1月第1版

《吴文化研究文稿》 陆咸著 文汇出版社 2011年4月第1版

《中国文明的形成》 张光直 徐苹芳主编 新世界出版社2004年

《中国文明起源新探》 苏秉琦著 三联书店1999年6月第1版

《中国天文考古学》冯时著 中国社会科学出版社2010年11月第2版

《中国历史纪年表》 万国鼎编 万斯年 陈梦家补订 中华书局2009
　年11月第9次印刷

《中国古代历史地图册》 古代历史地图编辑组编 辽宁人民出版社
　1984年1月第1版

《万物——中国艺术中的模件化和规模化生产》 德 雷德侯著 张总
　等译 党晟校 生活·读书·新知三联书店2012年8月第2版

《中华名物考》 日 青木正儿著 范建明译 中华书局2005年8月第1版

《苏州文博论丛2010年总第1辑》 苏州博物馆编 文物出版社2012
　年12月第1版

《文物》 1996年2期 文物出版社

图书在版编目（CIP）数据

琉璃·琉器 / 张弛 著. -- 北京 ：作家出版社，2016.4
ISBN 978-7-5063-8920-4

Ⅰ. ①琉… Ⅱ. ①张… Ⅲ. ①长篇小说 – 中国 – 当代 Ⅳ.
①I247.5

中国版本图书馆 CIP 数据核字（2016）第 091611 号

琉璃·琉器

作　　者：	张　弛
责任编辑：	李宏伟　秦　悦
装帧设计：	丁奔亮
出版发行：	作家出版社
社　　址：	北京农展馆南里 10 号　　　邮　　编：100125
电话传真：	86-10-65930756（出版发行部）
	86-10-65004079（总编室）
	86-10-65015116（邮购部）

E-mail:zuojia@zuojia.net.cn

http://www.haozuojia.com（作家在线）

印　　刷：	北京中科印刷有限公司
成品尺寸：	130 × 185
字　　数：	147 千
印　　张：	7.75
版　　次：	2016 年 5 月第 1 版
印　　次：	2016 年 5 月第 1 次印刷
ISBN	978-7-5063-8920-4
定　　价：	39.80 元